تريندز للبحوث والاستشارات
TRENDS RESEARCH & ADVISORY

روسيا والشرق الأوسط
دور مؤثر ومصالح متنامية

نورهان الشيخ

اتجاهات استراتيجية (5)
يونيو 2021

نبذة عن

مركز تريندز للبحوث والاستشارات

يُعد مركز «تريندز للبحوث والاستشارات» مؤسسة بحثية مستقلة، تأسس عام 2014، ويهتم باستشراف المستقبل في جوانبه الاستراتيجية والسياسية والاقتصادية، وتتبع القضايا العالمية المختلفة. كما يهدف المركز إلى تحليل الفرص والتحديات على مختلف الصُّعُد الجيوسياسية الراهنة، وما تحمله من متغيرات محتملة، مع محاولة إيجاد إجابات وتفسيرات علمية وموضوعية من شأنها المساهمة في التأثير في اتجاهات الأحداث مع مراعاة نواحي التحليل والنقد والاستشراف.

ويقدّم المركز، من أجل تحقيق غاياته العلمية، دراسات رصينة ذات أبعاد استشرافية مستقبلية، ويطرح أفضل البدائل الممكنة لمساعدة صنّاع القرار في معرفة التطورات الإقليمية والدولية بشكل أعمق، والاستفادة مما توفره من فرص. كما يقوم المركز برصد الاتجاهات والتغييرات الاستراتيجية والاقتصادية والإقليمية والدولية، والتنبؤ بآثارها المستقبلية، وذلك وفق الضوابط العلمية المتعارف عليها دولياً لدى أعرق مراكز التفكير والبحث العلمي.

الصفحة	قائمة المحتويات

الصفحة	قائمة المحتويات
5	ملخص
6	مقدمة
7	أولاً: ماذا تريد روسيا من الشرق الأوسط؟
9	1. تحقيق القفزة الاستراتيجية للنفوذ الروسي
13	2. اختراق حزام الإرهاب وتصفيته
15	3. تعظيم المصالح الروسية
17	ثانياً: آليات التحرك الروسي في المنطقة
17	1. الآليات السياسية والدبلوماسية
28	2. بناء الشراكات التنموية على أساس المصالح المتبادلة
33	3. توظيف روسيا للأداة العسكرية
41	خاتمة
43	قائمة المراجع
48	نبذة عن المؤلف

ملخص

شهد الحضور الروسي في منطقة الشرق الأوسط قفزة نوعية دفعت الكثيرين في المنطقة وخارجها إلى التساؤل حول أهداف روسيا وحدود طموحها، وانعكاسات الدور الروسي المتنامي على توازنات القوى بالمنطقة ومسار قضاياها الشائكة.

لقد اختفى البعد الأيديولوجي في السياسة الروسية، وأصبحت أكثر براجماتية في خدمة مصالح البلاد الحيوية ومقتضيات أمنها القومي، ويتصدر أولوياتها بالمنطقة العمل من أجل تحقيق «قفزة استراتيجية» للنفوذ الروسي بها؛ وذلك باستكمال مثلث القواعد العسكرية، سوريا (طرطوس) - السودان (فلامينجو) - ليبيا، واختراق حزام الإرهاب الضاغط عليها وتصفيته، وتعظيم المصالح الروسية؛ حيث تمثل المنطقة سوقاً واسعة للصادرات الروسية المختلفة ومنها التقنيات العالية ومنظومات التسلح، إلى جانب التنسيق في سوق الطاقة مع دول المنطقة في إطار صيغة «أوبك+».

وتقوم روسيا بتوظيف كل قدراتها لدعم تحركاتها وتحقيق أهدافها، ويشمل ذلك مدى واسع من الأدوات السياسية والدبلوماسية والاقتصادية والعسكرية، أبرزها دبلوماسية القمة والوساطة مع اختلاف فاعليتها من قضية لأخرى؛ فهي محورية في الملف السوري، ومهمة في الملف النووي الإيراني، وأكثر محدودية في الملف الفلسطيني. هذا إلى جانب بناء الشراكات التنموية على أساس المصالح المتبادلة. ورغم أن روسيا أكثر ميلاً إلى توظيف الأدوات الدبلوماسية، فإن التطورات في المنطقة فرضت عليها توظيفاً أوسع للأداة العسكرية على النحو الذي تجاوز مجرد مبيعات الأسلحة والتعاون العسكري التقني، ليشمل التدخل العسكري المباشر في الحالة السورية أو غير المباشر في ليبيا.

وسيزداد الدور الروسي وسيتسع نطاقاً في المستقبل، بالنظر إلى مصالح روسيا الحيوية المتنامية في الشرق الأوسط على الصعيدين الاستراتيجي والاقتصادي، والثقة والقبول اللذين أصبحت تتمتع بهما روسيا بوصفها شريكاً لكثير من دول المنطقة.

روسيا والشرق الأوسط: دور مؤثر ومصالح متنامية

مقدمة:

منذ بدء الضربات الروسية في سوريا في 30 سبتمبر 2015 وعلى مدى ما يقرب من ست سنوات شهد الحضور الروسي في منطقة الشرق الأوسط قفزة نوعية دفعت الكثيرين في المنطقة وخارجها إلى التساؤل حول أهداف روسيا وحدود طموحها، وانعكاسات الاهتمام الروسي المتزايد ودورها المتنامي على توازنات القوى بالمنطقة ومسار قضاياها الشائكة، وهل تستنسخ روسا الدور السوفيتي أو أنها تدشن لسياسة مغايرة من حيث الأولويات والآليات على النحو الذي يتفق والمستجدات الداخلية في روسيا، وتلك الإقليمية والدولية.

إن روسيا، رغم كونها دولة الاستمرار للاتحاد السوفيتي التي ورثت تاريخه وقدراته وأزماته أيضاً، فإن سياستها وأولوياتها في الشرق الأوسط تكاد تختلف جذرياً عن سابقتها السوفيتية؛ فقد حكم الأخيرة البعد الأيديولوجى بالأساس، وكانت خريطة تحالفات موسكو في الزمن السوفيتي ترسمها التوافقات الأيديولوجية مع النظم الاشتراكية والشيوعية في المنطقة. وقد اختفى هذا البعد تماماً في السياسة الروسية عقب تفكك الاتحاد السوفيتي، وأصبحت روسيا أكثر براجماتية في علاقاتها وتحالفاتها، وأكثر نبذاً للاستقطابات الحادة، والانحيازات المؤدلجة، التي تضر بمصالحها وبالأمن والاستقرار في المنطقة على السواء. ورغم ما يبدو من مواجهة بين موسكو وواشنطن فإن موضوع المواجهة وأبعاده هي المصالح والمكاسب الاستراتيجية الداعمة لها وليس الأيديولوجية.

إن المصالح الروسية ومقتضيات الأمن القومي الروسي بمفهومه الشامل هما البوصلة التي تضبط الحركة الروسية في المنطقة، وتحدد مساراتها، وذلك في إطار توجه عام حاكم يقوم على التوازن والانفتاح على كل الأطراف الإقليمية الفاعلة، بما يخدم المصالح والأهداف الروسية. فهناك تطور ملحوظ في الشراكة الروسية السعودية والخليجية بصفة عامة مع احتفاظ موسكو بشراكتها الاستراتيجية المتنامية مع إيران، وتؤكد روسيا موقفها الثابت والداعم للقضية الفلسطينية في الوقت الذي تتطور فيه العلاقات مع إسرائيل في مختلف المجالات، وتتنامى الشراكة الروسية

المصرية على مختلف الصُّعد الاستراتيجية جنباً إلى جنب مع التفاهمات بين موسكو وتركيا ودفع التعاون الاستراتيجي بين الطرفين، وهناك حرص روسي واضح على تطوير التعاون مع المغرب مع الاحتفاظ بالشراكة الاستراتيجية المهمة مع الجزائر.

وتسعى هذه الورقة إلى الإجابة عن مجموعة من الأسئلة المهمة تتعلق بماذا تريد روسيا من الشرق الأوسط؟ وما أولويات التحرك الروسي وآلياته في المنطقة، وهل يؤدي ذلك إلى عودة المنطقة بوصفها ساحة للتنافس الاستراتيجي بين موسكو وواشنطن؟ وما تداعيات ذلك؟

أولاً: ماذا تريد روسيا من الشرق الأوسط؟:

كان تصاعد المواجهة بين روسيا والغرب على خلفية الأزمة الأوكرانية عام 2014، والتوجه الروسي نحو دور أوسع نطاقاً في سوريا وعموم الشرق الأوسط، العامل الأساسي وراء تعديل عدد من الوثائق الاستراتيجية لروسيا الاتحادية وصدورها مبكراً عن الموعد الذي كان مقرراً لها، لترسم بذلك التوجهات الروسية الجديدة في عالم ما بعد الأحادية القطبية، وفي سياق دولي متعدد القوى تسعى موسكو لمكانة متميزة فيه.

ومن أبرز هذه الوثائق العقيدة العسكرية الروسية التي صدرت في 26 ديسمبر 2014 [1]، والتي أنهت العمل بعقيدة عام 2010 والتي كان من المقرر لها الاستمرار حتى عام 2020، والعقيدة العسكرية البحرية التي صدق عليها الرئيس بوتين في 26 يوليو 2015 [2]، واستراتيجية الأمن القومي التي صدرت بتاريخ 31 ديسمبر 2015 [3]، لتنهي العمل بالاستراتيجية الصادرة في 12 مايو 2009، والتي كان من المقرر أن تستمر حتى عام 2020 [4]، هذا إلى جانب عقيدة السياسة الخارجية الروسية التي

---

(1)   Военная доктрина Российской Федерации (http://kremlin.ru/events/president/news/47334).

(2)   Морская доктрина Российской Федерации, (http://kremlin.ru/events/president/news/50060).

(3)   Указ Президента Российской Федерации от 31 декабря 2015 года N 683 «О Стратегии национальной безопасности Российской Федерации», 31 декабря 2015 г. (http://kremlin.ru/acts/news/51129).

(4)   Стратегия национальной безопасности Российской Федерации до 2020 года, 13 мая 2009 года (http://kremlin.ru/supplement/424).

تم تبنيها في 30 نوفمبر 2016 [5]. وتتكامل هذه الوثائق مع بعضها البعض لتحدد في مجملها توجهات وأولويات السياسة الخارجية الروسية، والمبادئ والأهداف التي تحكم الحركة الخارجية لروسيا الاتحادية بصفة عامة، ومنها تلك الخاصة بالشرق الأوسط.

وقد أشارت عقيدة السياسة الخارجية لروسيا الاتحادية لعام 2016 إلى مجموعة من الأهداف التي تسعى السياسة الروسية إلى تحقيقها؛ وأبرزها: تعزيز دور روسيا في إطار عالم متعدد القوى، والحفاظ على الاستقرار الاستراتيجي العالمي، وتنمية علاقات الشراكة ذات المنفعة المتبادلة وبناء أكبر عدد ممكن من الشراكات مع مختلف دول العالم. وفيما يتعلق بالشرق الأوسط، فقد وردت الإشارة إليه في الجزء الرابع من العقيدة الذي يحمل عنوان الأولويات الإقليمية للسياسة الخارجية، وذلك بعد الجوار الروسي المباشر في كومنولث الدول المستقلة وأوروبا والباسفيك. وأكدت الوثيقة أن موسكو ستواصل نهج التسوية الدبلوماسية للنزاعات في الشرق الأوسط دون تدخل خارجي ووفق الشرعية الدولية، وبوصفها عضواً دائماً في مجلس الأمن ورباعية السلام في الشرق الأوسط سوف تسعى لتحقيق تسوية عادلة للصراع الفلسطيني-الإسرائيلي، وستعمل على تحقيق التسوية في سوريا ووحدة أراضيها واستقلالها، وإنشاء تحالف دولي واسع لمحاربة الإرهاب، كما أنها تدعم إنشاء مناطق خالية من الأسلحة النووية وغيرها من أسلحة الدمار الشامل، وخصوصاً في الشرق الاوسط، مؤكدة أنه لا بديل عن الأمم المتحدة كمركز لتنظيم العلاقات الدولية، ولا تعترف روسيا بتعميم واشنطن لتشريعاتها متجاوزة القانون الدولي، وترى أن نهج الولايات المتحدة وحلفائها الهادف إلى ردع روسيا وممارسة الضغوط عليها يقوض الاستقرار الإقليمي والدولي.

في ضوء عقيدة السياسة الروسية ومسار الأخيرة الفعلي في الشرق الأوسط يمكن بلورة الأهداف والأولويات الروسية في الشرق الأوسط في إطار ثلاثة محاور أساسية:

---

(5)   Концепция внешней политики Российской Федерации, утверждена Президентом Российской Федерации В.В.Путиным 30 ноября 2016 г. (http://www.mid.ru/foreign_policy/news/-/asset_publisher/cKNonkJE02Bw/content/id/2542248)

(1) تحقيق القفزة الاستراتيجية للنفوذ الروسي:

لقد كان الشرق الأوسط حاضراً دوماً وبقوة على الأجندة الروسية، بالنظر لجواره الجغرافي شبه المباشر لروسيا، وأهميته الاستراتيجية والجيوبوليتكية لها على مر العصور، وذلك في إطار سعي قياصرة روسيا للوصول إلى المياه الدفيئة في الخليج العربي والبحر المتوسط. وقد استمر هذا التوجه بعد الحقبة القيصرية، حيث أدرك الاتحاد السوفيتي أهمية المنطقة التي ازدادت في خضم الحرب الباردة وتصاعد حدة المنافسة والصراع بين موسكو وواشنطن منذ أواخر الأربعينات. كما كان الحضور الروسي في منطقة البحر الأحمر حلماً يراود موسكو منذ الحقبة السوفيتية، وسعى الاتحاد السوفيتي للحصول على موطئ قدم في منطقة البحر الأحمر، وكانت هناك محاولات مع الصومال ثم أثيوبيا، إلا أنها لم تكلل بالنجاح.

ورغم انتهاء الحرب الباردة فإن المواجهة والتنافس الاستراتيجي بين موسكو وواشنطن مازال قائماً، ويعتبر بايدن أن «روسيا تشكل أكبر تهديد للولايات المتحدة على الساحة الدولية»، وفي خطابه الذي ألقاه بوزارة الخارجية الأمريكية، يوم 4 فبراير 2021، شدد الرئيس الأمريكي جو بايدن على ما تمثله روسيا ومعها الصين من تحدٍّ وتهديد للأمن القومي الأمريكي والمصالح الأمريكية، وأن المواجهة الأمريكية الروسية مستمرة وستزداد شراسة في المستقبل، أو على حد تعبير بايدن أن «أيام تراجع الولايات المتحدة أمام روسيا انتهت»، وأنه جرى «رفع الثمن الذي ستدفعه روسيا»[6]. ومن المعروف أن بايدن جاء من قلب المؤسسات الحاكمة أو ما يسمى بـ «Establishment» وتشبع عبر تاريخه السياسي الطويل بروح الحرب الباردة، وكان نائب أوباما وشريكه في التصعيد ضد روسيا منذ عام 2014 على خلفية الأزمة الأوكرانية.

يدعم هذا التوجه شركاء واشنطن الأوروبيون في حلف شمال الأطلسي (الناتو) حيث تضمن التقرير الذي قدمه الأمين العام للحلف، ينس ستولتنبرج، في الأول من ديسمبر 2020، خلال المؤتمر الإفتراضي لوزراء خارجية الحلف بعنوان «الناتو

---

(6)   Remarks by President Biden on America's Place in the World, The White House, FEBRU-ARY 04, 2021, (https://www.whitehouse.gov/briefing-room/speeches-remarks/2021/02/04/remarks-by-president-biden-on-americas-place-in-the-world/)

- 2030: الوحدة في عصر جديد»، النص على أن روسيا تشكل التهديد العسكري الرئيسي للحلف على المدى الطويل.. بالنظر إلى «التأثير السلبي لأعمال روسيا النشطة في البحر الأسود وبحر البلطيق، وفي القطب الشمالي وشرق البحر المتوسط على أمن المنطقة الأوروبية الأطلسية»[7].

الأمر الذي يشير إلى عودة التوتر بين واشنطن وموسكو حول مدى واسع من القضايا الدولية والإقليمية التي تشهد تناقضات هيكلية واستراتيجية بين البلدين، ويأتي في قلب هذا التصعيد منطقة الشرق الأوسط التي ستكون ساحة رئيسية للتنافس الاستراتيجي بين القوى الكبرى، الولايات المتحدة وكل من روسيا والصين، بآليات ومضمون يختلف جذرياً عما كان عليه الحال زمن الحرب الباردة. إن الولايات المتحدة بدأت بالفعل إعادة تعريف مصالحها وصياغتها في الشرق الأوسط، بعد أن دخلت سوق الطاقة العالمية كمصدّر رئيسي، وأصبح من بين أولوياتها تحجيم النفوذ الروسي بها، وذلك في الوقت الذي يزداد الحضور الروسي في المنطقة قوة وتأثيراً، كما تقع المنطقة في قلب مشروع الصين «الحزام والطريق»، وهي أفضل نقطة لعرقلة التمدد الصيني عالمياً.

في هذا السياق وعقب ضم شبه جزيرة القرم لروسيا عام 2014 تصدّر تعزيز الوجود الروسي في البحر المتوسط الأولويات الروسية باعتباره ممراً وحيداً للبحر الأسود، حيث أهم الأساطيل الروسية في القرم، ونصت العقيدة العسكرية البحرية الجديدة لعام 2015 صراحة على ضمان وجود عسكري بحري «دائم» لروسيا في البحر المتوسط، وتعزيز المواقع الاستراتيجية الروسية في البحر الأسود، رداً على تحركات الولايات المتحدة وحلف شمال الأطلسي في البحر الأسود على خلفية الأزمة الأوكرانية. وإلى جانب قاعدة حميميم الجوية الروسية في سوريا والتي أنشئت بمقتضى اتفاق أغسطس 2015 بين البلدين، وقعت موسكو ودمشق اتفاقية في 18 يناير 2017 تقضي بتحويل طرطوس من محطة لتموين السفن الروسية إلى قاعدة عسكرية بحرية متكاملة يمكنها استقبال 11 سفينة حربية، بما في ذلك سفن نووية، وذلك لمدة 49 سنة قادمة قابلة للتمديد تلقائياً. ويسمح الاتفاق لروسيا بنشر نقاط تمركز متنقلة خارج الأراضي التابعة للقاعدة البحرية، بهدف حراسة ميناء طرطوس،

---

(7)   "NATO - 2030: United for a New Era", (https://www.nato.int/nato_static_fl2014/assets/
pdf/2020/12/pdf/201201 Reflection Group-Final-Report-Uni.pdf)

ونشـر منظومـات صاروخيـة جديـدة حولهـا، إضافـة إلى نشـر منظومـات صاروخيـة يخ البحـر مـن طـراز «بـال» أو «باسـتيون»، كمـا نشـرت موسـكو منظومـة صواريـخ «أس 300» يخ محيـط قاعـدة طرطـوس، و«إس 400» يخ محيـط قاعـدة حميميـم الجويـة[8].

على صعيـد آخـر، ويخ نوفمبـر 2020، صـدق الرئيـس بوتيـن علـى الاتفـاق الروسـي السـوداني حـول إنشـاء مركـز لوجسـتي روسـي علـى شـواطئ البحـر الأحمـر السـودانية، «قاعـدة فلامينجـو»، وتطويـر وتحديـث بنيتـه التحتيـة بهـدف صيانـة السـفن الحربيـة الروسـية وتموينهـا واسـتراحة أفـراد طواقمهـا. ويقـع المركـز يخ منطقـة «ترينكيتـات» شـمال بورسـودان، وتبلـغ مسـاحته 50 كـم^2، ويمكنـه اسـتيعاب أربـع سـفن، بمـا فيهـا تلـك المـزودة بتجهيـزات نوويـة، وعـدد مـن الأفـراد لا يتجـاوز 300 شـخص، ويسـري الاتفـاق لمـدة 25 سـنة قابلـة للتجديـد تلقائيـاً لـ 10 سـنوات متتاليـة. ويعـد المركـز اللوجسـتي خطـوة أو نـواة يمكـن تطويرهـا إلى قاعـدة عسـكرية بحريـة متكاملـة، علـى غـرار مـا حـدث يخ طرطـوس السـورية، ولاسـيما أن الشـاطئ يخ المنطقـة كبيـر ويسـمح بالتوسـع، ومـن المعـروف أن الفـارق بيـن المركـز اللوجسـتي والقاعـدة هـو يخ عـدد السـفن التـي يمكـن استضافتهـا وحجـم الأطقـم العاملـة بهـا، حيـث تتسـع القاعـدة عـادة لتشـمل ورش صيانـة ومراكـز اتصـالات ونظـم دفـاع جـوي ممـا يضاعـف مـن عـدد الأفـراد العاملـين بهـا إلـى مـا يقـرب مـن 1200 شـخص، ويتوقـف هـذا التوسـع علـى رغبـة البلديـن يخ دفـع التعـاون بينهمـا وتطويـره مسـتقبلاً[9]. ويخ 28 فبرايـر 2021، وصلـت الفرقاطـة الروسـية «أدميـرال جريجوروفيتـش» إلـى مينـاء بورتسـودان، وهـي أول سـفينة حربيـة روسـية تدخـل الميناء، أعقبهـا دخـول الفرقاطـة «سـتويكي 545»، إلـى الميناء يخ مـارس مـن نفـس العـام.

ويمثـل المركـز اللوجسـتي حجـر زاويـة يخ التواجـد العسـكري الروسـي المسـتقر يخ هـذه المنطقـة، حيـث إنـه لا يوجـد تشـكيل بحـري روسـي يخ المنطقـة ويوجـد فقـط سـفينتان يخ المحيـط الهنـدي وعـدد مـن الغواصـات الروسـية التـي لا يمكـن كشـفها وتتبـع مسـارها بالأقمـار الصناعيـة. وتعـد السـفن الأربـع يخ المركـز اللوجسـتي الروسـي يخ السـودان أول تشـكيل بحـري روسـي يخ المنطقـة ورأس جسـر وموطـئ قـدم مهمـاً لروسـيا، وهـو تشـكيل

(8)   TASS, January 20, 2017 (http://tass.com/defense/926348)

(9)   Триколор в Африке, Российская Газета, 11.11.2020, (https://rg.ru/202011/11//baza-rossijskogo-flota-mozhet-poiavitsia-v-sudane.html)

يعد صغيراً نسبياً ولكنه مهم وفعال ويلبي احتياجات روسيا مع حجم التواجد الذي تريده في المنطقة. ولموقع المركز أهمية استراتيجية كبيرة ويتمتع بثقل بحري كثيف عبر البحر الأحمر وقناة السويس؛ ومن ثم فإن تثبيت قدم روسية في المنطقة له أهميته بالنسبة لموسكو.

كما أن وجود المركز سيساعد روسيا على توسيع حضورها البحري في منطقة القرن الأفريقي وأفريقيا بصفة عامة، ويؤكد ثبات التوجه الروسي وقوته نحو أفريقيا، وهو الأمر الذي عكسته بوضوح القمة الروسية الأفريقية الأولى في التاريخ، التي عُقدت في سوتشي في أكتوبر 2019. ويتيح المركز آفاقاً رحبة لتنمية التعاون العسكري الروسي الأفريقي ويفتح الأسواق الأفريقية للسلاح الروسي حيث ستكون خدمات ما بعد البيع التي سيقدمها المركز أقرب؛ مما سيشجع الدول الأفريقية على شراء الأسلحة والمنظومات الروسية، وخاصة أن هناك قبولاً بالفعل من جانب الدول الأفريقية للسلاح الروسي، وإلى جانب مصر والجزائر اللتين تعتبران من كبريات الدول المستوردة للأسلحة الروسية، تمثل صادرات الأسلحة الروسية إلى أفريقيا جنوب الصحراء نحو 7 % من إجمالي الصادرات الروسية من الأسلحة، ومن بين شركاء روسيا في هذا الاطار كلٌّ من إثيوبيا وأنجولا وجمهورية أفريقيا الوسطى ونيجيريا وغانا ومالي وأوغندا وجنوب أفريقيا.

ورغم ما تداوله عدد من وسائل الإعلام حول تجميد الاتفاق بين السودان وروسيا لحين موافقة المجلس التشريعي المنتظر تشكيله، وطلب السودان من روسيا سحب جميع معداتها العسكرية من ميناء بورتسودان[10]، فإن المصادر الروسية أشارت إلى عدم وجود تأكيد رسمي في هذا الخصوص[11]، ونفى الناطق باسم الخارجية السودانية، المنصور بولاد، في 28 إبريل 2021 وجود تأكيد رسمي بوقف التعاون العسكري مع روسيا فيما يتعلق بالمركز اللوجستي[12]. وقد رأى البعض أن السودان قد يكون عرضة للضغوط الأمريكية لإنهاء الوجود الروسي بها، وذلك في إطار التنافس الاستراتيجي بين واشنطن وموسكو، وفي وقت تنفتح فيه الخرطوم على واشنطن بعد رفعها من قائمة الدول الراعية للإرهاب.

---

(10) العين الإخبارية، 2021/5/2، (https://al-ain.com/article/ignites-questions-sudan-russian-base)

(11) СМИ: Судан заморозил соглашение о создании российской военной базы, РИА Новости, 28.04.2021, (https://ria.ru/20210428/baza-1730396285.html)

(12) Sputnik ،28.04.2021، https://arabic.sputniknews.com/arab_world2021042810488398 25/

وفي ضـوء مـا يمثلـه المركـز اللوجسـتي الروسـي ﰲ السـودان مـن خطـوة نوعيـة نحـو القفـزة الاستراتيجية التـي تسـعى لهـا موسـكو منـذ الحقبـة السـوفيتية، حيـث تعمـل قاعـدة فلامينجـو كموقـع تبادلـي مـع قاعـدة طرطـوس ﰲ حالـة التهديـد البحـري أو الجـوي لروسـيا، فإنـه ليـس مـن السـهل أن تتنـازل روسـيا عـن هـذا المكسـب الاستراتيجي المهـم، وقـد تعـزز هـذه القفـزة باسـتكمال مثلـث القواعـد العسـكرية، سـوريا – السـودان – ليبيـا، والحصـول علـى موطـئ قـدم ﰲ الجفـرة أو غيرهـا بليبيـا، صحيـح أن ذلـك لايبـدو بالأمـر اليسـير ﰲ ضـوء التعقيـدات التـي تكتنـف الملـف الليبـي والتنافـس الحـاد بيـن القـوى الإقليميـة والدوليـة بهـا، لكنـه يظـل أمـراً ممكنـاً.

(2) اختراق حزام الإرهاب وتصفيته:

أدت التطـورات المتلاحقـة ﰲ المنطقـة منـذ عـام 2011 إلـى نمـو مـا يشـبه حـزام للإرهـاب ضاغـط علـى روسـيا، بـدأ مـن الجماعـات المتمركـزة ﰲ أفغانسـتان وباكسـتان، والتهديـد الـذي تشـكله العناصـر المتطرفـة ﰲ الفضـاء السـوفيتي، ولاسـيما آسـيا الوسـطى، مـروراً بسـوريا والعـراق وحتـى ليبيـا، وتدعمـه الجماعـات المتطرفـة بمنطقـة الساحـل والصحـراء غربـاً. وقـد زاد مـن خطـورة هـذا الحـزام توظيـف عـدد مـن القـوى الإقليميـة، المدعومـة دوليـاً، لـه ﰲ محاولـة لزعزعـة الأمـن والاسـتقرار ﰲ روسـيا والمنطقـة.

وتقـوم الاستراتيجيـة الروسـية ﰲ مجـال مكافحـة الإرهـاب علـى مفهـوم «التنظيـف والاسـتئصال التـام»، حيـث تضـع روسـيا القضـاء علـى الإرهـاب واستئصالـه مـن جـذوره علـى قمـة أولوياتهـا. وتحتـل منطقـة الشـرق الأوسـط مكانـة متقدمـة جـداً ﰲ هـذا الشـأن، وتأتـي مباشـرة بعـد الفضـاء السـوفيتي السـابق الـذي يمثـل الجـوار الروسـي المباشـر. وتعـد منطقـة الشـرق الأوسـط، التـي هـي حـزام روسـيا الجنوبـي الغربـي، حاضنـة رئيسـية للإرهـاب مـن وجهـة النظـر الروسـية، ومنهـا يأتـي الدعـم للإرهـاب ﰲ الداخـل الروسـي.

ووفقـاً لمـا أعلنـه مديـر جهـاز الأمـن الفيدرالـي الروسـي، ألكسـندر بورتيكـوف، فـإن الجهـاز نجـح ﰲ إحبـاط 23 عمـلاً إرهابيـاً ﰲ روسـيا خلال عـام 2017، وقضـى علـى 78 إرهابيـاً واعتقـل 1018 آخريـن[13]. ولا تتوقـف عمليـات المطـاردة التـي تقـوم بهـا السـلطات الروسـية لهـذه العناصـر، ومنهـا نجـاح جهـاز الأمـن الفيدرالـي الروسـي ﰲ 25 نوفمبـر

---

(13) (Sputnik) ،19.12.2017 ،https//:arabic.sputniknews.com/world201712191028575606/

2020 في القبض على خلية لتنظيم «داعش» كانت تخطط لسلسلة من العمليات الإرهابية في مقاطعة فلاديمير المجاورة لمقاطعة موسكو[14]. ومن المعروف أن تنظيم «إمارة القوقاز الإسلامية»، المسؤول عن العديد من الهجمات الإرهابية في روسيا، أعلن مبايعته لتنظيم «داعش» في 21 يونيو 2015، وأعلن الأخير روسيا عدواً له. وينشط التنظيم عبر مواقع التواصل الاجتماعي بشكل واسع النطاق لتجنيد مزيد من العناصر في روسيا وجوارها ليس فقط للقتال في سوريا بل أيضاً للقيام بعمليات إرهابية في العمق الروسي. وتواجه الأجهزة الأمنية الروسية صعوبة في اكتشافهم عند عودتهم، نظراً لانقسامهم إلى مجموعات، وانتشارهم في أرجاء مختلفة من روسيا.

وقد كان ذلك دافعاً رئيسياً للتدخل الروسي في سوريا، حيث إن كثيراً من الإرهابيين الذين يتم القبض عليهم في روسيا على صلات بتنظيمات وجماعات داخل سوريا، إلى جانب آلاف الشيشانيين وغيرهم الذين انخرطوا في تنظيم داعش وتنظيمات إرهابية أخرى واتجهوا للقتال في سوريا، وأصبحوا هدفاً مباشراً للضربات الروسية فيها.

وتسعى روسيا جاهدة لعدم السماح بعودة المقاتلين من سوريا إليها ولفضائها السوفيتي أو نقلهم إلى مناطق أخرى؛ مثل ليبيا وكاراباخ والحدود الأفغانية الطاجيكية، وترى ضرورة تصفيتهم في أماكنهم. وأشار الرئيس بوتين صراحة إلى الخطر الذي يشكله الإرهابيون العائدون إلى روسيا بعد مشاركتهم في القتال إلى جانب التنظيمات المتطرفة في سوريا، وأن مهمة العسكريين الروس في سوريا «ليس مساعدة الشعب السوري فحسب، بل حماية المصالح الروسية والمواطنين الروس من خلال عدم السماح بعودة الإرهاب إلى روسيا»، قائلاً: "لن ننتظر وصولهم إلينا أو إليكم"، في إشارة إلى دول آسيا الوسطى[15]. وأشار الرئيس بوتين إلى وجود أربعة آلاف إرهابي من روسيا وحدها في صفوف الإرهابيين بسوريا، وما بين 4.5 و5 آلاف إرهابي من الجوار السوفيتي، وخاصة دول آسيا الوسطى، وأكد أن ذلك يمثل تهديداً حقيقياً لروسيا.

---

(14) (RT)، 25/11/2020، https//:arabic.rt.com/russia1176914/

(15) (RT) 2/6/2017، https//:arabic.rt.com/russia881602/

(3) تعظيم المصالح الروسية:

إن سعي روسيا باتجاه الشرق الأوسط لا ينطلق فقط من منظور جيواستراتيجي وأمني على النحو السابق بيانه، ولكن أيضاً من اقتراب براجماتي يقوم على تنمية مصالحها في المنطقة وتعظيم عوائدها ودعم نمو الاقتصاد الروسي، حيث تمثل المنطقة سوقاً كبيرة لمدى واسع من الصادرات الروسية، ويتضمن ذلك الصادرات السلعية المختلفة، والتقنيات العالية، ومنظومات التسلح؛ فمنطقة الشرق الأوسط تعد سوقاً مهمة وواعدة للتقنيات النووية الروسية، كما أنها سوق مهمة للصادرات الروسية من الأسلحة، والتي تعتبرها موسكو مورداً رئيسياً للدولة الروسية.

وفي هذا السياق يأتي على قمة المصالح والأولويات الروسية التنسيق في سوق الطاقة مع دول الخليج، وبخاصة المملكة العربية السعودية في إطار صيغة «أوبك +» لمواجهة انخفاض الأسعار باعتباره تحدياً مهماً يؤثر في الأمن القومي الروسي بمفهومه الواسع. ويعد الحفاظ على حد أدنى من الأسعار للنفط قضية أمن قومي روسي، وخاصة مع المخاوف الروسية حول استخدام هذه الورقة للضغط عليها والمساس بقدراتها المتنامية واستقرارها الاقتصادي، ومن ثم السياسي كما حدث قبيل تفكك الاتحاد السوفيتي. ومن المعروف أن أكثر من 55% من إيرادات الموازنة الروسية تأتي من عوائد صادرات النفط والغاز، وتعد الأخيرة أساس الصادرات الروسية حيث تمثل نحو 65 % من إجمالي الصادرات الروسية حتى عام 2019 [16]، أى قبل أزمة كورونا وتداعياتها. وقد تأثرت روسيا كثيراً بالانخفاض الحاد في أسعار النفط إلى أكثر من النصف في منتصف عام 2014، ثم وصولها إلى أدنى مستوياتها على خلفية جائحة كورونا. فروسيا هي ثاني أكبر منتج ومصدّر للنفط في العالم عام 2020، حيث تستأثر بنحو 40 % من إجمالي الصادرات العالمية من النفط، وهي الأولى في تصدير الغاز عام 2019، وبها ثلث الاحتياطي العالمي من الغاز الطبيعي. ومن ثم، فإن قطاع الطاقة قطاع قائد لعلاقات روسيا الخارجية، وهو أشبه بالبوصلة التي توجه السياسة الروسية وتحكم حركتها.

وتعوّل روسيا كثيراً على التنسيق والتعاون مع المملكة العربية السعودية؛ وذلك انطلاقاً من رؤية روسية تقوم على النظر إلى كبار منتجي النفط بوصفهم حلفاء في سوق

---

(16) НЕФТБ, 14 января 2020, (https://oilcapital.ru/news/markets/14-01-2020/dohody-rf-ot-ek-sporta-nefti-snizilis-ot-spg-vozrosli-za-11-mesyatsev-2019)

الطاقة العالمية، وخاصة دول الخليج وفي مقدمتها السعودية، وليس منافسين أحدهما للآخر. وقد أشار الرئيس بوتين صراحة إلى ذلك بقوله: «نحن متحالفون مع المملكة وشركاء معها في تلبية حاجات الأسواق العالمية من الطاقة، ولدينا مصالح مشتركة كثيرة في هذا المجال». وقد عزز هذا توقيع ميثاق تعاون طويل الأمد في إطار صيغة «أوبك+» خلال القمة السعودية الروسية في أكتوبر 2019، وجاء الميثاق تتويجاً للتفاهمات بين الطرفين منذ عام 2016 حول ضبط مستوى الأسعار من خلال التحكم في حجم الإنتاج، وكانت الدول المشاركة في اتفاق «أوبك+» قد وافقت على الميثاق في يوليو 2019، والذي يضمن تعاوناً دائماً ويعطي صبغة رسمية للتعاون بين 24 دولة منتجة للنفط، من داخل وخارج منظمة «أوبك» تقودها روسيا والسعودية. ويعد الميثاق ثمرة جهد دبلوماسي سعودي روسي، وأشار الأمين العام لمنظمة «أوبك»، محمد باركيندو، إلى أن الميثاق سيستمر إلى «الأبد»؛ الأمر الذي يدعم استمرار الشراكة في سوق النفط كدعامة أساسية للشراكة الروسية الخليجية في المستقبل[17].

ويكتسب هذا البعد أهمية متزايدة في ضوء الضائقة الاقتصادية التي يعانيها الاقتصاد الروسي؛ نتيجة التدهور الحاد وغير المسبوق في أسعار النفط بسبب تراجع الطلب العالمي على النفط على خلفية جائحة كورونا، والإغلاق الذي قامت به دول العالم ضمن إجراءات مواجهة الجائحة، مما أدى إلى انهيار أسعار النفط مطلع مارس 2020 بنسبة 50 % عما كانت عليه في يناير من نفس العام، ليصل سعر البرميل إلى أقل من 25 دولاراً للبرميل. وفي كلمته أمام أعضاء مجلس الاتحاد الروسي (المجلس الأعلى في البرلمان)، في 23 سبتمبر 2020، أشار الرئيس بوتين إلى بعض أبعاد هذه الضائقة، وأن إيرادات الميزانية الفيدرالية لعام 2020 من بيع المحروقات تراجعت إلى 30 %، بعد أن كانت تمثل نصف تلك الإيرادات عام 2011 نتيجة انخفاض أسعار النفط العالمية، وأن عجز الموازنة الحكومية لعام 2020 بلغ 4 . 4 % من الناتج المحلي الإجمالي، بينما كانت الميزانية الأصلية للعام تستهدف فائضاً قدره 0.8 % من الناتج المحلي الإجمالي، صاحب ذلك انخفاض في الدخل الحقيقي للأفراد[18].

(17) тасс, 6 ИЮН 2020, (https://tass.ru/info/8665041)

(18) Выступление Путина перед членами Совета Федерации, ИЗВЕСТИЯ, 23 сентября 2020, (https://iz.ru/1064335/2020-09 23/vystuplenie-putina-v-sovete-federatcii-transliatciia)

ثانياً: آليات التحرك الروسي في المنطقة:

في إطار الأولويات والمصالح السابقة تقوم روسيا بتوظيف الأدوات السياسية والدبلوماسية والاقتصادية والعسكرية كافة لدعم تحركاتها وتحقيق أهدافها في المنطقة، على النحو التالي:

(1) الآليات السياسية والدبلوماسية:

تنتهج روسيا ما يُعرف بدبلوماسية القمة في صياغة التفاهمات حول القضايا الخلافية مع دول المنطقة، وبلورة الأسس لإطلاق الشراكات في مختلف المجالات على النحو الذي يحقق المصالح المتبادلة لموسكو، إلى جانب آليات دبلوماسية أخرى كطرح المبادرات والوساطة لتسوية الخلافات والنزاعات، ودعم الأمن والاستقرار الإقليمي.

أ. دبلوماسية القمة:

من أبرز ملامح السياسة الروسية في الشرق الأوسط التحرك الدبلوماسي الفعال على مستويات عليا والزيارات المتكررة للرئيس بوتين بهدف دفع التعاون الاستراتيجي مع دول المنطقة في مختلف المجالات، والتي كان من أبرزها، خلال الفترة من 2015 وحتى 2020، زيارته للإمارات والسعودية في أكتوبر 2019 التي أكدت الانطلاقة الجديدة للعلاقات الروسية الخليجية، وكونها توجهاً ثابتاً وخياراً استراتيجياً في السياسة الروسية والخليجية على السواء، وكان للزيارة أهمية ودلالة خاصة، بالنظر لكونها الأولى منذ اثني عشر عاماً، حيث كانت زيارة الرئيس بوتين الوحيدة للدولتين عام 2007، وكذلك زيارته لمصر عامي 2015 و2017 وتم خلال الأخيرة توقيع العقود التنفيذية لمحطة الضبعة النووية، وزيارته لإسرائيل وفلسطين في يناير 2020.

هذا إلى جانب الزيارات المتكررة التي قام بها قادة المنطقة لروسيا، والتي كان من أبرزها زيارة صاحب السمو الشيخ محمد بن زايد آل نهيان، ولي عهد أبوظبي نائب القائد الأعلى للقوات المسلحة، لروسيا في يونيو 2018، والتي كانت السادسة في غضون خمس سنوات، ومثلت نقطة تحول جوهرية في العلاقات الروسية الإماراتية، حيث تم خلالها توقيع «إعلان الشراكة الاستراتيجية» بين البلدين، ويمثل هذا الإعلان التاريخي قاعدة مهمة لإطلاق التعاون بين الجانبين في مختلف المجالات على أساس من المصالح المتبادلة للطرفين، حيث ينص على تطوير شراكة استراتيجية بين الإمارات وروسيا تشمل المجالات السياسية والأمنية والتجارية والاقتصادية والثقافية، إضافة إلى المجالات الإنسانية والعلمية والتكنولوجية والسياحية، وإجراء

المشاورات بشكل منتظم بين وزيري خارجية البلدين؛ بهدف تعزيز الحوار والتنسيق المشترك بينهما حول القضايا الثنائية والإقليمية والدولية.

كذلك، زيارة خادم الحرمين الشريفين الملك سلمان بن عبدالعزيز التاريخية لروسيا في أكتوبر 2017 التي مثلت نقلة نوعية في العلاقة الخليجية الروسية باعتبارها الأولى من نوعها وما يتضمنه ذلك من دلالات مهمة، ونظراً لما أسفرت عنه من اتفاقات دفعت العلاقات الروسية السعودية لمستويات غير مسبوقة من التعاون. أيضاً زيارة الرئيس السيسي لموسكو في 17 أكتوبر 2018، والتي كانت القمة المصرية الروسية الخامسة خلال تلك الفترة وشهدت توقيع اتفاقية الشراكة الاستراتيجية الشاملة بين البلدين، التي نقلت الشراكة بينهما إلى مستوى نوعي واستراتيجي غير مسبوق، وكفلت إطاراً منظماً يضمن استمرارية تطوير التعاون المستقبلي بينهما في مختلف المجالات السياسية والاستراتيجية والاقتصادية والتقنية والثقافية. هذا إلى جانب زيارة الأمير الشيخ صباح الأحمد الجابر الصباح لروسيا عام 2015، وزيارات ملك الأردن أعوام 2015 و2017 و2018، وزيارات رئيس الوزراء الإسرائيلي المتكررة لموسكو، وغيرها.

ب. طرح المبادرات الداعمة للأمن والاستقرار الإقليمي:

تدعم روسيا الخيار الدبلوماسي والتسوية السلمية للنزاعات في المنطقة كتوجه عام، وفي هذا السياق، أطلقت موسكو مبادرة «المفهوم الروسي للأمن الجماعي في الخليج» في 23 يوليو 2019،[19] متضمنة الرؤية الروسية في هذا الخصوص والإجراءات اللازمة لضمانها، وتعد المبادرة إعادة تأكيد وامتداد للطرح الروسي منذ أواخر تسعينات القرن الماضي بشأن أمن الخليج، والقائم على إقامة منظومة أمنية إقليمية في منطقة الخليج تضم دول مجلس التعاون الست إلى جانب العراق وإيران، وتتضمن إجراءات لبناء الثقة، وتأخذ في الاعتبار مصالح الدول في المنطقة كافة. وانطلقت المبادرة من تسعة مبادئ تتمحور حول أولوية مكافحة الإرهاب كتهديد مشترك، والتأكيد على دور الأمم المتحدة، وأن أي تحرك عسكري يجب أن يكون تحت المظلة الأممية ووفق قواعد القانون الدولي. كما أكدت على النهج التدريجي (خطوة – خطوة) في إنشاء النظام الأمني، والأخذ في الاعتبار مصالح الأطراف الإقليمية والدولية كافة، وإشراكهم في عملية صنع القرار وتنفيذها ضماناً لاستقراره واستمراره.

---

(19) Российская Концепция коллективной безопасности в зоне Персидского залива, https://bit.ly/3uIKb2V

ووفقاً للوثيقة، فإن نقطة البدء تتمثل في تشكيل «مجموعة عمل» تتولى الإعداد لمؤتمر دولي حول الأمن والتعاون في منطقة الخليج، من خلال مشاورات ثنائية ومتعددة مع الأطراف المعنية إقليمية ودولية، والمنظمات الدولية والإقليمية متمثلة في مجلس الأمن وجامعة الدول العربية ومنظمة المؤتمر الإسلامي ومجلس التعاون لدول الخليج العربية. وفي ضوء ذلك تقوم مجموعة العمل بتحديد المشاركين وجدول الأعمال ومستوى التمثيل للأطراف المختلفة، ومكان عقد المؤتمر، وكذلك إعداد مشاريع القرارات، بما في ذلك تلك المتعلقة بتحديد تدابير الأمن وبناء الثقة والرقابة.

ومن بين الإجراءات التي تضمنتها المبادرة أهمية تأكيد دول المنطقة والأطراف الدولية على التزاماتها بالتخلي عن استخدام القوة في حل المسائل الخلافية، واحترام سيادة دول المنطقة وسلامة أراضيها، والالتزام بمبدأ تسوية الخلافات بشأن ترسيم الحدود عن طريق التفاوض أو غيره من الوسائل السلمية. وأن تأخذ دول المنطقة على عاتقها التزامات متبادلة متعلقة بالشفافية في المجال العسكري، وبينها الحوار بشأن العقائد العسكرية واجتماعات لوزراء دفاع الدول الإقليمية، وإقامة «خطوط ساخنة»، وتبادل الإخطارات بصورة مسبقة حول إجراء التدريبات وطلعات الطيران العسكري، وتبادل المراقبين، وعدم نشر قوات لدول خارج المنطقة على أساس دائم على أراضي دول الخليج، وتبادل المعلومات بشأن القوات المسلحة.

كذلك، توقيع اتفاقية للحد من التسلح في المنطقة، وقد يتضمن ذلك إنشاء مناطق منزوعة السلاح، وحظر تكديس الأسلحة التقليدية المزعزع للاستقرار، ومن بينها مضادات الصواريخ، وخفض تعداد القوات المسلحة من جانب جميع دول المنطقة. وتعزيز نظام عدم الانتشار النووي في الشرق الأوسط، من خلال اتخاذ تدابير تهدف إلى تحويل الخليج إلى منطقة خالية من أسلحة الدمار الشامل. كذلك، إبرام اتفاقات لمكافحة الإرهاب الدولي والاتجار غير المشروع في الأسلحة والمخدرات وجميع أشكال الجريمة المنظمة. وإضافة إلى الإجراءات المذكورة، أشارت الوثيقة إلى ضرورة إطلاق حوار تدريجي حول تقليص الوجود العسكري الأجنبي بالمنطقة، ووضع تدابير مشتركة لبناء الثقة بين دول الخليج.

كما تضمنت الوثيقة فكرة إنشاء منظمة للأمن والتعاون بالخليج تضم في عضويتها القوى الإقليمية المعنية، إلى جانب روسيا والصين والولايات المتحدة والاتحاد الأوروبي والهند، وغيرها من الأطراف الدولية المعنية بصفة مراقبين، ورأت الوثيقة

أن مثل هذه المنظمة يمكن أن تصبح عنصراً رئيسياً من عناصر نظام الأمن الإقليمي في منطقة الشرق الأوسط.

والمبادرة الروسية على هذا النحو تبدو طموحة، وربما غير واقعية بالنسبة للبعض، لكن الخبرة التاريخية لإنشاء منظمة الأمن والتعاون الأوروبي في أجواء أشد تعقيداً وضراوة خلال السبعينات، وخبرة مناطق أخرى مثل جنوب شرق آسيا وغيرها، تؤكد أنها قابلة للتنفيذ إذا ما جنحت الأطراف المختلفة للسلام ونبذت استعراض القوة والتهديدات المتبادلة، وقبلت واشنطن ولندن بالدور الروسي. إلا إن الولايات المتحدة لن تقبل بذلك ليس رفضاً لمبدأ التفاوض مع إيران، ولكن للحيلولة دون مزيد من النفوذ والمكانة لروسيا في الشرق الأوسط، واعتقاداً بأن مزيداً من التهديد والضغوط قد يجدي ويدفع طهران إلى تقديم التنازلات التي تطمح إليها واشنطن.

جـ. الوساطة:

لعبت روسيا دور الوسيط في أكثر من ملف بالمنطقة مع اختلاف مساحة هذا الدور وفاعليته من قضية لأخرى؛ فهو دور قيادي في الملف السوري، ورئيسي في الملف النووي الإيراني، ومساعد وأكثر محدودية في الملف الفلسطيني.

إن أول هذه الملفات وأبرزها من زاوية الدور الذي تلعبه موسكو هو المسار السياسي لتسوية الأزمة السورية. وتنطلق روسيا من أن السبيل الوحيد لتسوية الأزمة السورية والحفاظ على وحدة الأراضي السورية، وتجاوز الخلافات بين الأطراف المختلفة المتصارعة هو طاولة المفاوضات، وأن الضربات الجوية لا يمكن وحدها أن تؤدي إلى استقرار حقيقي في سوريا. وقد كان لإطلاق مسار «أستانا» في يناير 2017، الذي تعتبره موسكو ممهداً ومساعداً لمسار جنيف السياسي، دور حيوي في استعادة الاستقرار في سوريا وتثبيت النجاحات التي حققتها ضد الإرهاب، كما كانت المرة الأولى التي تشارك فيها المعارضة المسلحة في مفاوضات مباشرة مع النظام السوري، ومثل ذلك في حد ذاته خطوة مهمة باتجاه التسوية. وعلى مدى خمس عشرة جولة من المفاوضات الصعبة في أستانا حتى فبراير 2021، استطاعت روسيا بالتعاون مع الدول الضامنة الأخرى، إيران وتركيا، أن تنقل سوريا من حالة الحرب إلى قدر مقبول من الاستقرار من خلال مناطق خفض التصعيد، وجهود مركز المصالحة الروسي في حميميم، الذي يبذل دوراً حيوياً في دعم المصالحة في سوريا ونزع سلاح الأفراد والميليشيات السورية وإعادة دمجها في المجتمع كمواطنين.

وتم توقيع الاتفاقية الخاصة بمناطق خفض التصعيد في ختام اجتماعات أستانا 4 التي عُقدت في كازاخستان يومي 3 و4 مايو 2017، ودخلت حيز التنفيذ اعتباراً من يوم 6 مايو، بين كل من روسيا وإيران وتركيا، باعتبارها دولاً ضامنة للاتفاق، ونصت على وقف إطلاق النار بين الأطراف المتصارعة كافة، وكذلك حظر الضربات الجوية. وتتضمن 4 مناطق: الأولى، وهي أكبر منطقة وتقع في شمال سوريا، وتشمل ريف إدلب والمناطق المحاذية، وشمال شرقي ريف اللاذقية، وغربي ريف حلب وشمال ريف حماة. وتمتد المنطقة الثانية شمالي ريف حمص، وتشمل مدينتي الرستن وتلبيسة والمناطق المحاذية. أما المنطقة الثالثة فتشمل الغوطة الشرقية، وتمتد المنطقة الرابعة جنوب سوريا في المناطق المحاذية للحدود الأردنية في ريفي درعا والقنيطرة[20]. وخلال أستانا 8 تم اعتماد وثيقتين مهمتين في إطار عملية بناء الثقة بين الحكومة السورية من ناحية والمعارضة من ناحية أخرى، تتعلق الأولى بإنشاء فريق عمل حول تبادل الأسرى ونقل الجثث والقتلى والمفقودين، يضم كلاً من المعارضة والمنظمات الدولية والحكومة السورية، وتتصل الثانية بإزالة الألغام خصوصاً في المناطق التراثية.

وقامت موسكو بالتنسيق مع الرياض بتوحيد المعارضة السورية وتم ذلك بالفعل خلال مؤتمر الرياض 2 في نوفمبر 2017، وتوجهت المعارضة لجنيف (8)، للمرة الأولى، بوفد موحّد يضم 50 عضواً يمثل كل فصائل المعارضة[21]. ويعدّ هذا في حد ذاته إنجازاً لم يكن متصوراً في ضوء التناقضات الحادة التي كانت تموج بها المعارضة. ولاشك في أن توحيد منصات المعارضة الثلاث: موسكو، الرياض، القاهرة، في وفد واحد خطوة مهمة وضرورية نحو التسوية السلمية ودعم الاستقرار الكامل في سوريا.

وعقب فشل الجولة الثامنة من مفاوضات جنيف، وعدم التوصل إلى أية نتائج إيجابية في ضوء إصرار المعارضة على طرح مسألة رحيل الأسد كشرط أولي للتوافق على إمكانات التسوية، ورفض الوفد الحكومي السوري الجلوس للتفاوض المباشر مع قوى المعارضة، عاد الحديث عن مسار سوتشي كبديل مقبول بالنسبة للأطراف الثلاثة الراعية، روسيا وإيران وتركيا، وكذلك الحكومة السورية بالإضافة إلى بعض عناصر المعارضة، وعقد مؤتمر سوتشي للحوار الوطني السوري يوم 30 يناير 2018،

(20) TASS, September 06, 2017 (http://tass.com/defense/964080)

(21) (BBC)، 2017/11/24، -http//:www.bbc.com/arabic/middleeast42105202

وشارك فيه 1500 من القوى السورية المختلفة. وقد أكدت موسكو أن سوتشي ليست موازية لجنيف أو منافسة لها، بل إنها تمهد الطريق للتسوية السلمية برعاية الأمم المتحدة في جنيف، وتمت دعوة مبعوث الأمم المتحدة الخاص إلى سوريا ستيفان دي ميستورا للمشاركة في سوتشي والأطراف الدولية والإقليمية المعنية كافة، بما فيها الولايات المتحدة التي شاركت بصفة مراقب.

وخلال جولة أستانا 15 التي عُقدت في الفترة من 16-17 فبراير 2021، بعد توقف دام نحو عام، تم مناقشة موضوع إنعاش اللجنة الدستورية السورية التي فشلت على مدار خمس جولات في تحقيق أي نتائج على صعيد كتابة دستور جديد للبلاد. كما تم بحث ملف إدلب والبؤر النائمة لتنظيم داعش والهجمات التي تقوم بها جماعات إرهابية في الشمال السوري وإدلب، وضرورة تثبيت الخريطة العسكرية وفق الاتفاق الروسي التركي المعنون بـ «المذكرة حول إرساء الاستقرار في منطقة إدلب لخفض التصعيد»، والمؤرخة بيوم 17 سبتمبر 2018، والبروتوكول الإضافي المكمل لها والموقع في 5 مارس 2020، وتم تعليقها من جانب موسكو في 14 أغسطس من العام نفسه؛ نتيجة هجمات جبهة النصرة والجماعات الإرهابية في إدلب[22].

على صعيد آخر، تسعى روسيا للتنسيق مع الدول ذات النفوذ في سوريا من خلال القمة الثلاثية، روسيا وإيران وتركيا، التي بدأت في سوتشي في نوفمبر 2017، وعُقدت بعد ذلك دورياً بين الدول الثلاث كل ستة أشهر تقريباً، فكانت الثانية في إسطنبول في 4 إبريل 2018، ثم بطهران في 7 سبتمبر 2018، وكانت الأخيرة افتراضية في 1 يوليو 2020 بسبب جائحة كورونا، وتم خلالها بحث الأوضاع في سوريا على ضوء العقوبات الغربية التي تم فرضها.

في هذا السياق يعد الدور الروسي هو الأبرز في قيادة مسار التسوية السلمية في سوريا على مختلف المسارات، في حين تبدو واشنطن أقل تأثيراً في هذا الصدد، خاصة بعد أن نجحت الضربات الجوية الروسية في تغيير توازنات القوى على الأرض السورية، والتوافقات التي تمت مع أنقره وما مثلته من تغيير جوهري في معادلة القوى الخاصة بالقضية السورية.

(22)   тасс, 16 ФЕВ 2021 (https://tass.ru/politika/10713901)

ثانيها، محـاولات الوسـاطة بيـن الأطـراف الفلسطينيـة المختلفـة، وبـين فلسطين وإسرائيل. وتنطلق روسيا من التأييد المطلق للحقوق المشروعة للشعب الفلسطينى وضرورة التـزام إسـرائيل بتنفيـذ الاتفاقـات الموقعـة كافة، بما في ذلك وضع القدس الشرقية عاصمـة للدولـة الفلسطينية، والمحافظـة علـى مرجعيـة مدريد وتطبيق مبدأ الأرض مقابل السـلام، وحـق الفلسطينيين في إقامـة دولتهم المستقلة، وعلـى حـل الدولتـين ورفـض سياسـة الاستيطان والعنـف، باعتبارهـا لا تخدم العمليـة السلمية، وكذلـك مـن كونها عضواً في «الرباعيـة» الدوليـة للسـلام في الشرق الأوسـط، التـي بـدأت في 2001 وتضـم روسـيا والولايـات المتحـدة والاتحـاد الأوروبـي والأمم المتحـدة، وصـدر بهـا قـرار مجلـس الأمـن رقـم 1397 في مـارس 2002، ليقـنن دور روسـيا في عمليـة التسـوية السـلمية. وكانـت روسـيا قـد أبـدت تحفظهـا علـى تعيـين تونـي بليـر، رئيس الـوزراء البريطانـي الأسـبق، موفـداً للجنة الرباعيـة إلـى الشرق الأوسـط في يونيو 2007، ومنـذ ذلـك الحـين خيـم الجمـود علـى الرباعيـة ولـم يبـذل بليـر الجهـد المأمـول والواجـب لتفعيلهـا.

وفي هذا السياق تسعى موسكو لدور مباشر في الملف الفلسطيني–الإسرائيلي وتتحرك على محورين: فمن ناحية المحور الأول، تدفع روسيا باتجاه المصالحة الفلسطينية من خـلال عقـد لقـاءات للفصائـل الفلسطينية بهدف التوفيق فيما بينها وإنهاء الانقسـام الفلسطيني، وتحتفـظ روسـيا بعلاقـات جيـدة وقنـوات اتصـال مفتوحـة مـع القوى الفلسطينية كافة، ومن بينها حركة حماس التي تصنفها واشنطن وبروكسل كمنظمة إرهابية. وفي منتصـف ينايـر 2017 استضافت روسيا محادثات غير رسمية بـين ممثلين عـن تسـع مـن الفصائـل الفلسطينية، منها «فتـح» و«حمـاس»، وأعلنت الفصائل الفلسـطينية إثـر اجتماعـات استمرت 3 أيـام برعايـة روسـية أنهـا توصلـت إلـى اتفـاق لتشكيل حكومـة وحـدة وطنيـة قبـل تنظيـم الانتخابات[23]، وكان مـن الواضـح أن مهمـة التغلب علـى الانقسـام الفلسطيني ليسـت سهلة، فالنزاع بـين «فتح» و"حمـاس" مسـتمر منـذ عـام 2006، واتخـذ مـراراً طابـع الصـدام المسـلح بينهمـا، كمـا تختلـف الفصائـل الفلسطينية مبدئياً علـى سـبل الوصول ووسـائله إلـى حـل مـع إسـرائيل.

ورغـم نجـاح اجتمـاع موسكو في فبرايـر 2019 الـذي شـارك فيـه 12 مـن الفصائل الفلسطينية، ومـن بينهـا فتـح وحمـاس والجهاد الاسـلامي والجبهة الشـعبية، في كسـر الجمـود في ملف المصالحـة الفلسطينية، وتحقيق التوافق بـين الفصائل المشاركة على

---

(23) (RT) 15/1/2017،https//:arabic.rt.com/news858742/

ضرورة مواجهة خطة السلام الأمريكية المعروفة بـ«صفقة القرن»، وعلى وحدة الفصائل فيما يتعلق بمواجهة الاحتلال الإسرائيلي والاستيطان والتصدي لمحاولات تغيير الوضع القائم لمدينة القدس ومحاولات فصل قطاع غزة عن الضفة الغربية، فإنه فشل في إنهاء الانقسام والتوافق حول بيان ختامي مشترك متفق عليه في البداية وتم سحبه من التداول، نتيجة معارضة ممثلي حركتي «الجهاد الإسلامي» و «حماس» لعدة بنود في الوثيقة تتعلق بمسألة القدس، حيث طلب البعض استخدام عبارة «دولة فلسطينية عاصمتها القدس» دون تحديد حدود عام 1967، فيما كان البعض ضد الحديث عن الشرعية الدولية، وعارض آخرون الحديث عن «حق العودة» معتبراً ذلك اعترافاً ضمنياً بدولة إسرائيل[24].

وعلى المحور الآخر، سعت روسيا لإطلاق الحوار بين الجانبين الفلسطيني والإسرائيلي، وحاولت أكثر من مرة تنظيم لقاء بين الرئيس الفلسطيني محمود عباس ورئيس الوزراء الإسرائيلي بنيامين نتنياهو، من أجل كسر الجمود الذي يسود عملية السلام، إلا أن مساعي روسيا لم تكلل بالنجاح نتيجة الموقف الإسرائيلي الرافض للوساطة الروسية والمتمسك بواشنطن كوسيط أوحد رغم الرفض الفلسطيني لذلك، خاصة بعد نقل السفارة الأمريكية للقدس وافتقاد واشنطن الحياد المطلوب في الوسيط من وجهة النظر الفلسطينية.

وتحرص موسكو على التوازن والاحتفاظ بعلاقات جيدة مع إسرائيل، فهذا الدعم الروسي للقضية الفلسطينية ووحدة الصف الفلسطيني يتزامن مع بعد آخر لموقف روسيا المتوازن من الأطراف المعنية، وهو ذلك المتعلق بعلاقتها بإسرائيل. فتطور السياسة الروسية ومواقفها تجاه الصراع العربي-الإسرائيلي على مدى العقود الثلاثة الماضية يوضح أن تغيراً ملحوظاً قد طرأ عليها منذ مطلع التسعينات في اتجاه الاحتفاظ بعلاقات جيدة ومتوازنة مع أطراف الصراع جميعاً. فموسكو ترتبط بعلاقات جيدة، وإن كانت متقلبة، مع إسرائيل وفي الوقت نفسه تؤيد الحق الفلسطيني؛ لأنها لا تجد تناقضاً أو تعارضاً بين الأمرين.

فمنذ استئناف العلاقات الدبلوماسية بين الاتحاد السوفيتي وإسرائيل في أكتوبر 1991، تطورت العلاقات الروسية الإسرائيلية على نحو ملحوظ، ولكنها كانت دوماً عرضة للمد والجزر وفقاً للتطورات الإقليمية والدولية التي كانت تباعد بينهما وتثير

---

(24) (RT 13/2/2019 ،https//.arabic.rt.com/middle_east(1000865/

التوتـر مـن آن لآخـر، إلا أنـه سـرعان مـا كان يتـم تجـاوز الخـلاف وتعـود العلاقـات إلى مسـارها. وتكـررت زيـارات نتنيـاهو لروسيـا وكثفـت إسـرائيل اتصـالاتها مـع موسـكو منـذ بـدء الضـربات الروسيـة في سـوريا في 30 سـبتمبر 2015، ومنـذ ذلـك الحـين وحتـى زيـارته في 12 سـبتمبر 2019 التقـى نتنيـاهو ثـلاث عشـرة مـرة مـع الرئيـس بوتـين. فقـد أبـدت إسـرائيل حرصـاً واضحـاً علـى التفاهـم والتنسـيق مـع روسيـا، التـي أصبحـت حاضـرة بقـوة في سـوريا وفاعـلاً لا يمكـن تجـاوزه في المنطقـة، إلا أن الخـلاف بـين البلديـن عـاد إلـى الواجهـة مـرة أخـرى نتيجـة الغـارات الإسـرائيلية علـى سـوريا، ووصـل التوتـر ذروتـه مـع تحميـل موسـكو إسـرائيل المسـؤولية كاملـة عـن إسـقاط الطائـرة الروسيـة «20-IL»، وإعـلان وزيـر الدفـاع الروسـي سـيرجي شـويجو في الأول مـن أكتوبـر 2018 توريـد 3 كتائـب «إس 300 بـي أم» لسـوريا، لتضـم كل كتيبـة ثمانـي منصـات إطـلاق»، وذلـك بـلا مقابـل، ردّاً علـى ذلـك[25]، وهـي الصفقـة التـي لطالمـا قامـت إسـرائيل بالضغـط لتعليقهـا، إلا أن عـدم تفعيـل المنظومـة أدى إلـى اسـتمرار الغـارات الإسـرائيلية علـى الأراضـي السـورية بدعـوى ضـرب أهـداف لإيـران وحـزب الله في سـوريا.

وإزاء التصعيـد الـذي شـهده الصـراع الفلسـطيني-الإسـرائيلي في 8 مايـو 2021 عقـب انـدلاع اشـتباكات في منطقـة الحـرم الشـريف وحـي الشـيخ جـراح في القـدس بسـبب قيـام إسـرائيل بطـرد عائـلات فلسـطينية مـن منازلهـم، وحـرب الصواريـخ بـين غـزة وتـل أبيـب علـى خلفيـة الأحـداث، أكـد الرئيـس بوتـين عقـب اجتمـاع مـع أعضـاء مجلـس الأمـن القومـي الروسـي في 14 مايـو لبحـث تداعيـات هـذا التصعيـد أن «النـزاع الفلسـطيني-الإسـرائيلي يمـس بشـكل مباشـر مصالـح روسيـا الأمنيـة»[26]. ودعـت موسـكو إلـى مراعـاة وضـع الأماكـن المقدسـة في القـدس ووقـف الأنشـطة الاسـتيطانية في الأراضـي المحتلـة، وأجـرت سلسـلة اتصـالات في مسـعى لتهدئـة الوضـع، كان مـن أبرزهـا لقـاء الرئيـس بوتـين مـع الأمـين العـام لـلأمم المتحـدة أنطونيـو جوتيريـش عبـر الفيديوكونفرانـس وتأكيـده ضـرورة وقـف أعمـال العنـف مـن قبـل طرفـي النـزاع الفلسـطيني-الإسـرائيلي وضمـان أمـن السـكان المدنيـين، وأعربـا عـن دعمهمـا لتسـوية النـزاع وفقـاً لحـل الدولتـين، وعلـى أسـاس قـرارات مجلـس الأمـن الدولـي ذات الصلـة والمعاييـر القانونيـة الدوليـة المعتـرف بهـا عالميـاً[27].

---

(25) TASS, October 19, 2018 (http://tass.com/defense/1026862)

(26) тасс, 14 МАЯ2021 , (https://tass.ru/politika/11374633)

(27) (RT) ،13/5/2021 ،https//:arabic.rt.com/middle_east1231303/

ثالثها الدور الروسي في الاتفاق النووي الإيراني، حيث لعبت روسيا دوراً حاسماً في المفاوضات التي انتهت بالتوصل إلى الاتفاق النووي عام 2015، وكانت بمثابة مهندس الاتفاق، وساهم فريق المفاوضات والخبراء النوويون الروس بشكل كبير في صياغة الترتيبات الشاملة؛ الأمر الذي جعل من الممكن التقريب بين وجهات النظر المختلفة والمتضاربة، ولاسيما بين واشنطن وطهران. وعقب الانسحاب الأمريكي من الاتفاق في 8 مايو 2018 سعت روسيا جاهدة، بالتنسيق مع الصين والدول الأوروبية المعنية، لإنقاذ الاتفاق والحفاظ عليه، وضبط ردود الأفعال الإيرانية والحيلولة دون خروجها عن السيطرة باتجاه مزيد من التصعيد والتعقيد على النحو الذي يجعل العودة للاتفاق أمراً غير ممكن. وقد نجحت موسكو في إبقاء الباب مفتوحاً أمام طهران وواشنطن للعودة للاتفاق، والاحتفاظ بالأخير في غرفة العناية المركزة لحين إعادة تنشيطه وإحيائه من جديد .

وحكم الموقف الروسي مجموعة من المصالح المباشرة والاعتبارات الاستراتيجية؛ فمن ناحية تُعدُّ روسيا طرفاً معنياً رئيسياً في هذا الملف الشائك، وهي شريك إيران في تطوير برنامجها النووي وإتمام مفاعل بوشهر كعمود فقري لهذا البرنامج، وشركة «أتومسترويكسبورت» الروسية التابعة للدولة هي التي ساعدت طهران على إكمال بناء المحطة، ومنحتها رسمياً صلاحية السيطرة على المنشأة في سبتمبر 2013، كما أن روسيا لا تقل حرصاً من واشنطن على الحيلولة دون امتلاك طهران سلاحاً نووياً؛ فروسيا من بين كل أعضاء مجموعة دول «5 + 1»، هي الأكثر عرضة لهجوم نووي محتمل من إيران، وذلك في ضوء تطوير طهران صواريخ بالستية من طراز «شهاب-3أ» بمدى يصل إلى 2000 كيلومتر؛ الأمر الذي يجعل غرب روسيا في مرمى الصواريخ الإيرانية، وهو أمر لا ترتاح له روسيا، رغم كون طهران شريكاً استراتيجياً لها ويجمعهما مدى واسع من المصالح والتنسيق المشترك. ومنذ بدء تدويل البرنامج النووي الإيراني أكدت موسكو رفضها القاطع لإمتلاك إيران أسلحة نووية، أو تحويل برنامجها النووي السلمي للاستخدام العسكري، وكان هذا وراء تأييد موسكو فرض حزم متتالية من العقوبات الرادعة لإيران داخل مجلس الأمن.

يضاف إلى هذا البُعد الاستراتيجي مصالح روسيا المباشرة والتي تتأثر حتماً بعودة التوتر والعقوبات الدولية على إيران حال انهيار الاتفاق النووي وفي مقدمتها مبيعات السلاح الروسي لطهران؛ فقد كانت طهران، حتى فرض حظر استيراد الأسلحة عليها من جانب مجلس الأمن عام 2007، تحتل المرتبة الثالثة في قائمة مستوردي

الأسلحة الروسية. وتعتبر إيران سوقاً رئيسية للسلاح الروسي ويعتمد الجيش الإيراني على الأسلحة الروسية بنسبة تصل إلى 85 %، حيث شهدت العلاقات العسكرية بين البلدين تطوراً ملحوظاً منذ نهاية الثمانينات من القرن الماضي. وأدى الاتفاق النووي الإيراني إلى إعادة إطلاق التعاون العسكري بين روسيا وإيران من جديد، وفي عام 2016 أوفت روسيا بعقد توريد أنظمة الدفاع الجوي البعيدة المدى من طراز S-300 إلى إيران انطلاقاً من كونها منظومات دفاعية لا تخضع لقيود مجلس الأمن الدولي، كما سمح انتهاء حظر الأمم المتحدة على إمدادات الأسلحة لإيران في أكتوبر 2020 بزيادة صادرات الأسلحة الروسية لإيران.

هذا فضلاً عن كون إيران حجر زاوية في معادلات التوازن الإقليمي، من وجهة النظر الروسية، وفي التخفيف من الضغوط الأمريكية على روسيا ومحاولات واشنطن تقليص النفوذ الروسي في منطقة الشرق الأوسط، وشريكاً مهماً لإحداث التوازن في عديد من قضايا الأمن الإقليمي وفي مقدمتها سوريا، حيث يكتسب التنسيق والتعاون بين البلدين أولوية لدى موسكو في إطار مسار أستانا وسوتشي، وشاركت قوات الجانبين في حفظ الأمن في ثلاث من مناطق خفض التصعيد، ومازالت روسيا تعول كثيراً على التنسيق مع طهران إقليمياً، رغم ما قد يبدو أو تشير إليه المصادر الغربية من خلافات بين الجانبين أو رغبة روسية في إنهاء الوجود الإيراني تماماً من سوريا، والذي تدرك موسكو جيداً إنه أمر ليس باليسير.

في ضوء الاعتبارات السابقة، وحرص روسيا الشديد على بقاء الاتفاق النووي واستمراره، تلقت موسكو الإشارات التي أطلقها الرئيس الأمريكي بايدن حول إمكانية عودة واشنطن للاتفاق، وأخذت تدفع بقوة في هذا الاتجاه، ويتضمن التحرك الروسي ثلاثة أبعاد دبلوماسية واقتصادية واستراتيجية تهدف إلى الدفع باتجاه العودة للاتفاق، وتدعم طهران في مواجهة الضغوط الأمريكية وتعزز من قدراتها التساومية مع واشنطن. ومثلت المناورات المشتركة بين البلدين، بمشاركة الصين، في ديسمبر 2019 وفبراير 2021 رسالة مباشرة إلى واشنطن بأن إيران لا تقف وحدها في مواجهة الضغوط الأمريكية، بما فيها التلويح بعمل عسكري أو ضربات ضد أهداف إيرانية. ولا يعني هذا أن روسيا ستخوض حرباً نيابة عن إيران، أو ستساندها في أي إعتداء قد تفكر في القيام به، ولكنه يعني أن موسكو ستحرص على الحفاظ على القوة الإيرانية باعتبارها أحد أضلاع مثلث القوى الإقليمية: تركيا، إيران، إسرائيل، وانهياره يخل بتوازن القوى الإقليمي في غير صالحها، ويعتبر

الحفاظ على الاتفاق النووي الإيراني حجر زاوية في هذا الإطار، حيث يمكّن من تطبيع وضع إيران الدولي ويسمح لموسكو بتحقيق مصالحها مع ضبط الطموحات الإيرانية والحيلولة دون انفلاتها على النحو الذي يهدد روسيا ذاتها.

(2) بناء الشراكات التنموية على أساس المصالح المتبادلة:

على مدى العقدين الماضيين استطاعت روسيا تطوير شراكاتها وإطلاق التعاون مع دول منطقة الشرق الأوسط في مختلف المجالات الاقتصادية والتقنية بدرجات متفاوتة من دولة لأخرى على أساس من المنفعة المتبادلة.

أ. الشراكة الاقتصادية:

تعتبر الدول العربية شريكاً تجارياً مهماً لروسيا، وبحسب الإحصائيات الرسمية المنشورة على موقع «Russian-trade»، بلغ إجمالي التبادل التجاري بين روسيا والدول العربية 14.48 مليار دولار عام 2016، وتصدرت مصر والجزائر والمغرب والإمارات قائمة الشركاء التجاريين العرب لروسيا[28]، وشهدت السنوات التالية نمواً ملحوظاً في حجم التجارة بين الجانبين، وعلى سبيل المثال تضاعف حجم التبادل بين مصر وروسيا بأكثر من أربعة مليارات دولار عام 2016 إلى ما يقرب من ثمانية مليارات دولار عام 2018 لتستأثر مصر بنسبة 33 % من حجم التبادل التجاري بين روسيا والدول العربية. ورغم ذلك فإنه يظل أقل من الفرص المتاحة؛ فالسوق الروسية تستطيع استيعاب مدى واسع من المنتجات المصرية الزراعية والاستهلاكية، وتتصدر روسيا قائمة البلدان المستوردة للبطاطس المصرية حيث تستورد من مصر 300 ألف طن سنوياً، هذا إلى جانب الفاكهة والخضروات مثل الموالح والبصل وغيرها. كما أن روسيا تزود مصر بالعديد من السلع الاستراتيجية والمعدات، وتمدها بأكثر من 40 % من احتياجاتها من القمح بقيمة 1.1 مليار دولار، ويمثل ذلك خمس إجمالي صادرات الحبوب الروسية. وتعتبر روسيا أكبر مصدر للحبوب في العالم، ومصر أكبر مستورد للحبوب في العالم، وتستورد 30 % من إجمالي الصادرات العالمية، فيما تستورد منطقة الشرق الأوسط نحو 20 %؛ ما يشكل 50 % من حجم تجارة الغلال في العالم.

---

(28) (Sputnik، 28/3/2017، https://arabic.sputniknews.com/infographic/201703281023107214)

كما قفـز حجـم التبـادل التجـاري بين روسيا والإمارات مـن 1.2 مليار دولار إلى 3.4 مليار دولار خـلال الفتـرة نفسهـا[29]. وتعدُّ الإمارات شـريكاً تجارياً ومسـتثمراً مهمـاً وواعداً بالنسبة لموسكو؛ فالإمارات ثانـي أكبر اقتصـاد عربـي، وأحـد أهـم الاقتصادات العالميـة، وتتطلـع لتعزيـز مكانتهـا ضمـن منظومـة الاقتصـاد العالمـي انسجامـاً مـع رؤيـة الإمـارات 2021، واسـتعداداً لمئويـة الإمـارات 2071. وتعـد الإمـارات أكبـر الشـركاء التجاريـيـن لروسـيا فـي منطقـة الخليـج العربـي، وقـد اتخـذت روسيا بضـع خطـوات لتعزيز التبـادل التجـاري بين البلدين؛ ومنهـا افتتـاح مكتب تمثيـل تجاري لها بالسـفارة الروسية فـي أبوظبـي عـام 2017. وتعـد الإمارات مركـز إعـادة التصديـر المفضـل للمنتجـات والسـلع الروسـية فـي المنطقـة، والـذي يتيـح للمصدّريـن الوصـول إلـى نحـو مليـاري مسـتهلك فـي الأسـواق المحيطـة. ووفقـاً لمجلس الأعمـال الروسـي الإماراتـي، الـذي بـدأ أعمالـه عـام 2005، تبـدي الشـركات الروسية اهتمامـاً متزايـداً بالمعارض الكبـرى التي تقـام في دبي، بما فـي ذلك «معرض جالفو» الذي شـهد مشـاركة روسية واسـعة.

كذلك شـهد التبـادل التجـاري بيـن روسيا والسـعودية قفـزة خـلال الفتـرة ذاتهـا، حيـث ارتفع مـن 491 مليـون دولار عـام 2016، إلـى مليـار دولار عـام 2018. ويسـعى الطرفان لمضاعفة التبـادل التجـاري بينهمـا ليصـل إلـى خمسـة مليارات دولار بحلول عـام 2024، وخـلال زيـارة الرئيـس بوتين للرياض تم توقيـع اتفاقيـة لافتتاح ملحقيتين تجاريتيـن في موسـكو والريـاض، ومذكرة تفاهـم تتضمـن توسـيع تصديـر المنتجـات الزراعيـة مـن روسيا إلـى السـعودية علـى النحـو الـذي يسـهم فـي الارتقـاء بمستوى التبـادل التجـاري بيـن البلدين.

علـى صعيـد آخـر، تسـعى روسـيا لجـذب الاسـتثمارات خاصـة مـن دول الخليـج فـي قطاعـات عـدة، وفـي نوفمبـر 2018 عُقـد فـي موسـكو المنتدى الاسـتثماري «أبوظبـي موسـكو»، شـارك فيه 10 شـركات حكوميـة و400 شـركة خاصـة مـن الجانبيـن، وجـاء المنتـدى فـي إطار فعاليـات أسـبوع الاسـتثمار الإماراتـي الروسـي، بهدف تطوير الشـراكة الاقتصاديـة والعلاقـات الاسـتثمارية بيـن البلدين، واسـتغلال الآفـاق الواسـعة لتطويـر العلاقـات بينهمـا فـي مختلـف المجـالات. وقـد نجـح البلـدان فـي إطـلاق مجموعـة مـن الاسـتثمارات المشـتركة، مـن أبرزهـا الاسـتثمار المشـترك بيـن الصنـدوق الروسـي للاسـتثمارات المباشـرة وشـركة مبادلـة الإماراتيـة فـي نحـو 40 صفقـة مشـتركة فـي

---

(29) العين الإخبارية، 2019/10/13، (https://al-ain.com/article/non-oil-trade-between-the-uae-and-russia)

روسيا بقيمة تتجاوز 2 مليار دولار أبرزها في مطار بولكوفو بمدينة سان بطرسبورج الروسية، ومشاريع بمشاركة شركة موانئ أبوظبي، إلى جانب استثمارات في مجال البتروكيماويات، وأخرى في مجالي الزراعة والغذاء بقيمة 19 مليار روبل (300 مليون دولار)، بالإضافة إلى استثمار نحو 10 مليارات روبل في مجموعة شركات «إفكو» المتخصصة في منتجات الزيوت والدهون في الاتحاد الاقتصادي الأوراسي الذي تقوده روسيا ويضم خمس دول هي: روسيا وكازاخستان، وبلوروسيا، وأرمينيا، وقرجيزستان. وكذلك الاستثمارات الإماراتية في الأقاليم الروسية، ومنها جمهورية الشيشان الروسية. كما ترحب موسكو بمشاركة رجال الأعمال الإماراتيين في إنشاء المنطقة الصناعية الروسية في مصر والمشروعات الاقتصادية التي تنفذها في دول عربية وأفريقية أخرى[30].

كما افتتح صندوق الاستثمارات المباشرة الروسي في 8 أكتوبر 2019 أول مكتب تمثيلي له في السعودية، ليكون بذلك أول مؤسسة استثمارية روسية تفتتح مكتباً تمثيلياً لها في المملكة، مما يعزز الاستثمارات المشتركة بين البلدين ويعطيها زخماً أكبر، ولاسيما بعد إطلاق صندوق مشترك روسي سعودي بقيمة 10 مليارات دولار لتمويل مشاريع مشتركة، وقد قام الصندوق بتمويل واعتماد تنفيذ أكثر من 30 مشروعاً مشتركاً بين البلدين، باستثمارات إجمالية تزيد على 2.5 مليار دولار في مختلف القطاعات الاقتصادية، بما في ذلك التكنولوجيا المتقدمة والطب والبنية التحتية والنقل والإنتاج الصناعي، إلى جانب عدد من المشاريع الواعدة في قطاع خدمات حقول النفط بمبلغ إجمالي يزيد على المليار دولار، بالإضافة إلى الاستثمار في قطاعي انتاج النفط والغاز بأكثر من ملياري دولار. ووقعت شركة «أرامكو» السعودية والصندوق الروسي للاستثمارات المباشرة اتفاقية لشراء حصة في «نوفوميت»، وهي شركة روسية متخصصة في صناعة مضخات عالية التقنية للقطاع النفطي. وأكدت شركتا الطاقة «غازبروم نفط» و«أرامكو» استعدادهما لإطلاق مشروع رائد حول استخدام الذكاء الاصطناعي في الاستكشاف الجيولوجي، وإنشاء معهد روسي سعودي للتعاون في مجال الطاقة.

---

(30)   тасс, 15 ОКТ 2019, (https://tass.ru/ckonomika/7001830)

من ناحية أخرى، حصلت أربع شركات روسية على رخص استثمارية لمزاولة الأعمال في السعودية في مجالات البناء والتطوير العقاري وتقنية المعلومات والاتصالات والاستشارات الإدارية والهندسة المعمارية. وتم توقيع مجموعة من الاتفاقات لدفع الاستثمارات المشتركة بين موسكو والرياض في مجالات عدة؛ منها اتفاق بين شركة سابك ومجموعة (YESN) بشأن المساهمة المشتركة في بناء مصنع للميثانول بمدينة سكوفورودينو في الشرق الأقصى الروسي بطاقة إنتاجية تبلغ مليون طن من الميثانول سنوياً، واتفاقية بين شركة «سالك» السعودية والصندوق الروسي للاستثمارات المباشرة بشأن الفرص الاستثمارية في قطاعي الزراعة والغذاء والتأسيس لشراكة روسية سعودية للاستثمار الزراعي والإنتاج الحيواني[31].

ب. التعاون التقني:

تعدّ منطقة الشرق الأوسط سوقاً مهمة وواعدة للتقنيات النووية الروسية؛ فالمستقبل سيكون للطاقة النظيفة الآمنة والمستدامة، وهنا تبرز أهمية الطاقة النووية ومحطات الطاقة الكهروذرية، وتتسارع مختلف الدول داخل المنطقة وخارجها لامتلاك قدرات نووية سلمية لتوليد الطاقة الكهربية وما تحمله من فرص تنموية واسعة تسهم على نحو مباشر في حل كثير من أزماتها الاقتصادية والاجتماعية. وتعتبر روسيا الأبرز في مجال إنشاء محطات الطاقة النووية لتوليد الطاقة الكهربائية، وتتصدر دول العالم المصدّرة للكتنولوجيا النووية السلمية، والأولى من حيث عدد المفاعلات التي تقوم بإنشائها لصالح غيرها من الدول، حيث قامت بتشييد 39 مفاعلاً في تسع دول حتى يوليو 2018، منها الهند والصين وتركيا وغيرها، ويعدُّ معهد الطاقة الروسي أكبر المعاهد المتخصصة في العالم، وقام بإعداد 150 ألف خبير وتدريبهم في المجال النووي. كما أنها الدولة الوحيدة التي تقوم ببناء المفاعلات من مكونات روسية بنسبة 100 %، في حين تضطر الدول الأخرى إلى استيراد بعض المكونات من دول أخرى، ولهذا أهميته لما يكفله من استقلالية وسرية في إدارة مثل هذا المشروع التنموي الهائل. وتتميز روسيا أيضاً بالإشراك المحلي والسماح للخبراء الوطنيين في البلد المعني بالمشاركة في التنفيذ والتشغيل، كما تتميز بالثقة وغياب الشروط السياسية.

---

(31)   тасс, 14 OKT 2019, (https://tass.ru/politika/7000256)

وخــلال زيـارة الرئيـس بوتيـن لمصـر في 11 ديسـمبر 2017 تم توقيـع العقـود التجاريـة والفنيـة لتنفيـذ مشـروع المحطـة النوويـة بالضبعـة علـى سـاحل البحـر المتوسـط وتزويـد مصـر بالوقـود النـووي لتبـدأ عمليـة الإنشـاء، وتضـم المحطـة أربـع وحـدات تبلـغ طاقـة كل منهـا 1200 ميجـاواط بإجمالي 4800 ميجـاوات للوحـدات الأربـع. وأعلنـت مؤسسـة «روس آتـوم» أنهـا سـتمد مصـر بأحـدث تكنولوجيـا في المجـال مـن طـراز VVER-1200 مـن الجيـل الثالـث (Gen3+) الـذي يلبـي أعلـى معاييـر السـلامة والأمـان النـووي.

وهنـاك تعـاون مهـم بيـن دول الخليـج وروسـيا في هـذا المجـال، وخصوصـاً مـع السـعودية والإمـارات. فقـد وقعـت مؤسسـة «روس آتـوم» ومدينـة الملـك عبـدالله للطاقـة الذريـة والمتجـددة اتفاقيـة عـام 2015 تمثـل الأسـاس القانونـي للتعـاون بيـن الدولتيـن في المجـال النـووي. وتعـدّ روسـيا شـريكاً واعـداً للمملكـة في إطـار الخطـط السـعودية لإنشـاء 16 مفاعـلاً نوويـاً خـلال السـنوات العشـرين المقبلـة بتكلفـة تفـوق الـ 80 مليـار دولار، بهـدف تقليـص اسـتخدام النفـط والغـاز في توليـد الطاقـة الكهربائيـة، وتتنافـس كل مـن روسـيا وكوريـا الجنوبيـة والولايـات المتحـدة والصيـن وفرنسـا في الفـوز بعقـد إنشـاء أول محطـة مـن هـذا النـوع في السـعودية. كذلـك توجـد آفـاق رحبـة للتعـاون بيـن روسـيا والإمـارات في هـذا المجـال، وقـد تـم تجديـد مذكـرة التفاهـم المبرمـة بيـن مؤسسـة «روس أتـوم» ومؤسسـة الإمـارات للطاقـة النوويـة للتعـاون في مجـال الاسـتخدامات السـلمية للطاقـة النوويـة والمبرمـة عـام 2017 علـى هامـش زيـارة الرئيـس بوتيـن للإمـارات يـوم 15 أكتوبـر 2019. وتسـاهم روسـيا في محطـة براكـة للطاقـة النوويـة السـلمية بمنطقـة الظفـرة في إمـارة أبوظبـي علـى سـاحل الخليـج العربـي ببعـض المعـدات والتقنيـات.

كذلـك، تعـدُّ منطقـة الشـرق الأوسـط سـوقاً مهمـة وواعـدة لتقنيـات الفضـاء الروسـية. ويعتبـر مجـال الفضـاء سـاحة التنافـس الدولـي في المسـتقبل المنظـور، وعليـه تتسـابق القـوى الكبـرى مـن أجـل الهيمنـة واسـتغلال الطاقـات الكامنـة فيـه. وهنـاك تعـاون واسـع بيـن روسـيا وعـدد مـن دول المنطقـة في هـذا الخصـوص، منهـا الإمـارات ويتـم في إطـاره تدريـب رواد الفضـاء الإمـاراتيين وإطلاقهـم إلـى المحطـة الفضائيـة الدوليـة، وذلـك وفـق الاتفاقيـة الموقعـة بيـن البلديـن في الأول مـن أكتوبـر 2015، مـن خـلال مركـز «جاجاريـن» الروسـي لإعـداد رواد الفضـاء، وهـو الـذي قـام بتدريـب رائـدي فضـاء مـن الإمـارات، وفي 9 أكتوبـر 2019 عـاد أول رائـد فضـاء إمـاراتي وعربـي، هـزاع المنصـوري، مـن المحطـة الفضائيـة الدوليـة علـى مـتن مركبـة الفضـاء الروسـية «سـويوز» بعـد أن قضـى ثمانيـة أيـام هنـاك.

كمـا يوجـد تعـاون مهـم بـين موسكو والريـاض ﻓﻲ مجـال الفضـاء، حيـث تم إطـلاق 13 قمـراً صناعيـاً سعوديـاً للاتصـالات والملاحـة والاستشعـار عـن بعـد بواسطة صواريخ روسية الـى مـدار حـول الأرض كـان آخرهـا «سعودي سـات 4» ﻓﻲ 21 يونيـو 2014. وتم خـلال زيـارة الرئيـس بوتـين للريـاض يوم 14 أكتوبـر 2019 توقيع اتفاقيـة بـين الصنـدوق الروسـي للاستثمـارات المباشـرة، والشـركة السعوديـة للتنميـة والاستثمار التقنـي «تقنيـة TAQNIA» حـول التعـاون ﻓﻲ مجـال الفضـاء، ويتضمـن ذلـك إطـلاق الأقمـار الصناعيـة مـن السعوديـة، وتطويـر وتحديـث المجمـع الفضائـي الصاروخـي روسـي الصنـع "ستـارت – 1». كمـا تم توقيـع مذكـرة تفاهـم بـين مؤسسـة «روس كوسـموس» الفضائيـة الروسية ولجنـة الفضـاء السعوديـة للتعـاون الشـامل بـين الوكالتـين الفضائيتـين الروسيـة والسعوديـة، ويتضمـن ذلـك الرحـلات المأهولـة والملاحـة الفضائيـة، وإعـداد رائـد فضـاء سعودي وإرسـاله إلـى المحطـة الفضائيـة الدوليـة.

هذا إلـى جانـب التعـاون المتنامـي بـين مصـر وروسيا ﻓﻲ مجـال الفضـاء، حيـث تم ﻓﻲ 16 إبريـل 2014 إطـلاق القمـر الصناعـي المصـرى Egyptsat2 الذي قامـت بتصنيعـه مؤسسـة الصواريخ والأقمـار الفضائيـة الروسيـة «إينيرجيـا» بتكلفـة نحـو 40 مليـون دولار. وﻓﻲ ينايـر 2015 سلمت روسيا إدارة القمـر الصناعـي إلـى الخبـراء المصريـين، إلا أن الاتصـال توقـف مـع القمـر ﻓﻲ مايـو 2015، وتم الإعـلان عـن فقدانـه. وأعقـب ذلـك توقيـع عقـد بـين الهيئـة القوميـة للاستشعـار عـن بعـد وعلـوم الفضـاء ﻓﻲ مصـر ومؤسسـة «إينيرجيـا» الروسيـة عـام 2016 تضمـن التصنيـع المشتـرك، علـى مـدى عامـين، للقمـر الجديـد «ايجيبـت سـات A» بمشـاركة مجموعـة مـن الباحثـين والمهندسـين المصريـين ممـن شـاركوا ﻓﻲ تصنيـع القمـر السـابق، والتزمـت روسيا بصناعـة القمـر الجديـد بالكامـل علـى نفقتهـا الخاصـة نتيجـة فقـدان القمـر السـابق ﻓﻲ فتـرة الضمـان. وتم إطـلاق القمـر الجديـد «ايجيبـت سـات A» ﻓﻲ 21 فبرايـر 2019 مـن قاعـدة الإطـلاق الفضائـي الروسيـة «بايكونـور» بكازاخسـتان، والتـي تعـد أكبـر قواعـد الإطـلاق الفضائيـة ﻓﻲ العالـم، وتديرهـا روسيـا باتفـاق خـاص مـع دولـة كازاخسـتان حتـى عـام 2050.

(3) توظيف روسيا للأداة العسكرية:

برغـم أن روسيا أميـل إلـى توظيـف الأدوات السياسيـة والدبلوماسيـة، فـإن التطـورات ﻓﻲ المنطقـة، خاصـة ﻓﻲ فتـرة مـا بعـد الثـورات العربيـة عـام 2011، فرضـت عليهـا توظيفـاً أوسـع لـلأداة العسكريـة علـى النحـو الـذي تجـاوز مجـرد مبيعـات الأسلحـة والتعـاون

العسكري التقني، ليشمل التدخل العسكري المباشر في الحالة السورية أو غير المباشر كما هو الحال في ليبيا.

أ.   مبيعات الأسلحة والتعاون العسكري:

تعتبر منطقة الشرق الأوسط سوقاً مهمة لصادرات السلاح الروسية، ويبلغ حجم صادرات الأسلحة الروسية إلى المنطقة نحو 6 مليارات دولار ويشكل ذلك نحو نصف الصادرات الروسية من الأسلحة تقريباً[32]. ويشير التقرير الخاص بحالة تجارة الأسلحة العالمية خلال الفترة 2016-2020، الصادر عن معهد ستوكهولم الدولي لبحوث السلام الدولي أن مبيعات الأسلحة الروسية للشرق الأوسط زادت خلال تلك الفترة بنسبة 64 % واتجهت إلى 10 دول في المنطقة، وأن الجزائر تصدرت دول المنطقة كأكبر مستورد للسلاح الروسي، حيث استحوذت على 1 5 % من إجمالي الصادرات الروسية، واحتلت بذلك المرتبة الثالثة بين مستوردي السلاح الروسي عالمياً بعد الهند والصين، ومثل ذلك 69 % من إجمالي واردات الجزائر من الأسلحة. تلى ذلك مصر التي مثلت الأسلحة الروسية 41 % من إجمالي وارداتها من الأسلحة، يليها العراق بنسبة 34 % من وارداته من الأسلحة، في حين برزت الإمارات ولكن بفارق كبير، حيث مثلت الأسلحة الروسية 4.7 % من إجمالي وارداتها من الأسلحة[33].

وهناك آفاق رحبة لتوسيع صادرات الأسلحة الروسية لدول المنطقة؛ وعلى سبيل المثال قد يدفع تعليق واشنطن لبعض صفقات السلاح للمملكة العربية السعودية إلى تنشيط مبيعات السلاح الروسية للمملكة، ومن المعروف أن الرياض تحظى باهتمام كبير من جانب موسكو، حيث تعد السعودية أكبر مستورد للسلاح في العالم بنسبة 12 % من إجمالي واردات الأسلحة العالمية. وخلال زيارته للسعودية عام 2019 بحث الرئيس بوتين والعاهل السعودي التعاون العسكري التقني بين البلدين، خاصة توريد منظومات «إس-300» أو «إس-400» للمملكة، وسبق أن عرض الرئيس بوتين على المملكة، في أعقاب الهجوم على منشأتين حيويتين لشركة "أرامكو" السعودية يوم 14

---

(32)Объем экспорта оружия РФ на Ближний Восток и в Северную Африку составляет около $6 млрд, Российская Газета, 21.02.2021, https://rg.ru/202121/02//obem-eksporta-oruzhiia-rf-na-blizhnij-vostok-i-v-severnuiu-afriku-sostavliaet-okolo-6-mlrd.html

(33) Trends in International Arms Transfers, SIPRI Fact Sheet, March 2021,   https://sipri.org/sites/default/files/2021-03/fs_2103_at_2020.pdf

سبتمبر 2019، شراء منظومات الصواريخ الروسية للدفاع الجوي، وهناك مفاوضات جارية بهذا الخصوص منذ العام 2017.

على صعيد آخر، تشارك العديد من الدول العربية في المنتدى العسكري التقني «منتدى أرمي»، الذي تنظمه وزارة الدفاع الروسية سنوياً منذ عام 2015، ومنها مصر وعدد من دول الخليج، ويعد أحد أهم معارض الأسلحة والمعدات العسكرية ووسائل تطوير التعاون العسكري والتقني الدولي. كما تجري روسيا عدة مناورات دورية مشتركة مع مصر، أهمها «جسر الصداقة» التي أُجريت في البحر المتوسط خلال الفترة من 6 إلى 14 يونيو 2015، وأجريت لأول مرة في البحر الأسود في الفترة من 17 إلى 24 نوفمبر 2020، كذلك المناورات الروسية المصرية المشتركة لمكافحة الإرهاب «حماة الصداقة» التي تعقد سنوياً بالتبادل بين البلدين منذ عام 2016، كما قامت القوات المشتركة لروسيا ومصر بتدريبات «سهم الصداقة-2019»، في مجال الدفاع الجوي وهي الأولى من نوعها في تاريخ العلاقات بين البلدين.

ب. التدخل العسكري في سوريا وليبيا:

على الصعيد العملياتي، مثّل بدء الضربات الجوية الروسية في سوريا في 30 سبتمبر 2015 تحولاً جذرياً في السياسة الروسية تجاه الشرق الأوسط مكّن موسكو من تثبيت دعائم نفوذها في المنطقة على نحو غير مسبوق؛ فقد استطاعت موسكو عبر تدخلها المباشر في القتال الدائر في سوريا من تغيير موازين القوى على الأرض، ودعم استعادة السيطرة للحكومة السورية تدريجياً، بعد أن تداعى الجيش السوري ومعه الدولة السورية، التي أوشكت أن تتحول إلى أفغانستان الشرق الأوسط، وأصبحت حاضنة لعشرات التنظيمات الإرهابية المتناحرة مع الدولة السورية، ومع بعضها البعض، وبؤرة تشع الإرهاب وعدم الاستقرار في الشرق الأوسط والعالم على النمط الأفغاني.

ووفقاً لبيان وزارة الدفاع الروسية الصادر في 6 ديسمبر 2017 نجحت الحملة الروسية في سوريا في التحرير الكامل لأراضي سوريا من مسلحي «داعش»، وسَلُب داعش الأرض وتحويلها من دولة إلى جماعة إرهابية تبحث عن موطئ قدم ترتكز عليها. وأوضح البيان أن الطيران الروسي قام خلال الفترة 30 سبتمبر 2015 وحتى 6 ديسمبر 2017 بأكثر من 92 ألف ضربة جوية في سوريا تمكن خلالها من القضاء على 86 ألف إرهابي، وتدمير نحو 121 ألف هدف وموقع للإرهابيين تشمل

مركز قيادة ومعسكرات تدريب وغيرها. وتضمن ذلك القضاء على عدد كبير من قيادات التنظيم، من بينها مئات الشيشانيين أمثال أبو عمر الشيشاني، وعلاء الدين الشيشاني، وصلاح الدين الشيشاني، وغيرهم من قيادات داعش الذين كانت تمثل عودتهم لروسيا تهديداً مباشراً لأمنها القومي[34].

ورغم أن الدور الروسي في الملف الليبي ليس بالقدر نفسه من الوضوح كنظيره في سوريا، خاصة خلال السنوات الأولى من تفجر الأزمة في ليبيا، فإن التحول في الموقف الروسي بدأ تدريجياً عام 2014 مع بدء المشير خليفة حفتر عمليته العسكرية على بنغازي وتواصله مع الروس، وذلك باتجاه دعم موسكو لحفتر سياسياً باستقباله أكثر من مرة في موسكو، وبالسلاح عبر أطراف أخرى، ومن خلال شركة «فاجنر» الروسية، بهدف تمكينه من السيطرة على ليبيا. وقد تصاعد الدور الروسي على مدى السنوات التالية على النحو الذي أصبحت معه روسيا فاعلاً رئيسياً في الأزمة الليبية، وبخاصة مع الارتباط الذي بدا بينها وبين الأزمة السورية.

فقد استفادت روسيا كثيراً من تجربتها في سوريا في إدارة سياستها في الملف الليبي وتفعيل دورها كفاعل مؤثر في هذا الملف. ويعتبر دور شركة فاجنر الروسية أحد محاور ذلك الدور، وتعود نشاطاتها إلى عام 2013 عندما شاركت هذه المجموعة التي كانت معروفة آنذاك تحت اسم «الفيلق السلافي»، في مهمة بسوريا بناء على طلب من رجال أعمال دمشقيين غير معروفين، وذلك تحت قيادة عقيد سابق في الاستخبارات العسكرية الروسية يدعى ديمتري أوتكين. وقد انضم مقاتلو فاجنر إلى القوات الروسية في سوريا بعد وقت قصير من بدء عملياتها هناك في سبتمبر 2015، حيث لعبت دوراً محورياً في الاستيلاء على كل من تدمر ودير الزور. وتشير بعض المصادر إلى أن فاجنر عملت بوصفها جزءاً من الجيش الروسي، لكن بشكل غير معلن، حيث ينفي الكرملين أي علاقة معها، وسبق أن وصف الرئيس بوتين مقاتلي فاجنر في سوريا بأنهم أشخاص يخاطرون بحياتهم، ويشاركون في الحرب ضد الإرهاب، موضحاً أنهم ليسوا من الجيش الروسي.

ووفقاً لتقرير أممي أعده مراقبون مستقلون لصالح لجنة العقوبات المفروضة على ليبيا التابعة للأمم المتحدة مكون من 57 صفحة، فإن مئات المرتزقة من «فاجنر» الروسية يقاتلون في ليبيا ويدعمون القوات الموالية للمشير خليفة حفتر في معاركها

---

(34)   тасс, 7 ДЕК 2017, (https://tass.ru/info/1793942)

ضد حكومة طرابلس منذ أكتوبر 2018. ويقدر التقرير عدد عناصر «فاجنر» الموجودين في ليبيا بـ 1000-800 عنصر، معظمهم من روسيا وبعضهم من بيلاروسيا ومولدوفا وصربيا وأوكرانيا، ويقدمون مساعدات فنية لإصلاح المركبات العسكرية، ويشاركون في العمليات العسكرية، وفي وحدات المدفعية والرصد والقنص، كما قدموا مساعدات فنية في العمليات الإلكترونية[35].

يأتي هذا في سياق دعم روسيا للمشير حفتر، فقد حاولت موسكو الاحتفاظ بأكبر قدر من التوازن في علاقاتها بالأطراف الليبية المختلفة، والتزمت الحذر والصمت طويلاً حتى بلورت القوى الليبية نفسها في محورين أساسيين يقودهما المشير خليفة حفتر يدعمه برلمان طبرق من ناحية، وحكومة الوفاق الوطني المعترف بها من الأمم المتحدة والمدعومة من العواصم الغربية، وفي مقدمتها واشنطن وباريس من ناحية أخرى، ورأت أن ما دون ذلك جماعات إرهابية خارجة عن الشرعية.

ورغم احتفاظ روسيا بقنوات اتصال مفتوحة مع مختلف الأطراف الليبية، بما فيها تيار سيف الاسلام القذافي، خلافاً لقوى دولية أخرى لا تعرف سوى الأحادية في سياستها تجاه ليبيا، فإنها تبدو أقرب إلى المشير حفتر الذي اُستُقبل في موسكو في يونيو ونوفمبر 2016، وفي أغسطس 2017، وتمت دعوته لمباحثات مع وزير الدفاع الروسي سيرجي شويجو عبر دائرة تلفزيونية مغلقة على متن حاملة الطائرات الروسية أميرال كوزنيتسوف في أثناء عبورها قبالة المياه الليبية في يناير 2017. كما قامت روسيا في مايو 2016 بطبع أربعة ملايين دينار ليبي (نحو 3 مليارات دولار) لصالح حكومة طبرق؛ مما أثار احتجاجات البنك المركزي الليبي في طرابلس التابع لحكومة الوفاق[36]. وانطلقت موسكو في هذا من قراءة موضوعية للواقع الليبي؛ فالمشير حفتر هو الذي يقود قوة عسكرية منظمة ممثلة في الجيش الوطني الليبي في حربه ضد الجماعات الإرهابية في منطقة بنغازي ويتمتع بنفوذ واسع في القوات المسلحة، وهو الركيزة الأساسية للأمن في شرق البلاد، حيث الهلال النفطي الذي يضم حقول النفط والغاز والموانئ النفطية، ومن ثم لا يمكن تجاوزه في أي ترتيبات مستقبلية لليبيا.

---

(35) (BBC، 7 مايو 2020، https://www.bbc.com/arabic/world-52579118)

(36) Kirill Semyonov, Who Should Russia Rely on in Libya?, Valdai Discussion Club, 28.12.2018,(http://valdaiclub.com/a/highlights/who-should-russia-rely-on-in-libya)

وقد أثارت زيارات المشير حفتر وتقاربه الواضح مع موسكو العديد من التساؤلات حول إمكانية اعتباره «رجل موسكو» وتدخل الأخيرة عسكرياً في ليبيا على غرار تدخلها في سوريا. والواقع أن هذا السيناريو يبدو بعيداً عن الواقع، صحيح أن القاعدة البحرية في طبرق تبدو مريحة وآمنة وعميقة، إضافة إلى أنه تم تحديثها في ثمانينيات القرن الماضي من قبل الخبراء السوفييت، إلى جانب قاعدة بنغازي البحرية، وكانت هناك عقود بمليارات الدولارات في المجالين التقني والعسكري ومشروعات نفطية عملاقة تم التوصل إليها زمن القذافي، وأصبحت حبراً على ورق، وتأمل موسكو في إحيائها، إلا إن تدخلها العسكري في ليبيا يظل غير وارد وذلك لعدة اعتبارات؛ أولها، أن ليبيا ليست سوريا من حيث الأهمية الاستراتيجية بالنسبة لروسيا وعمق العلاقات وخصوصيتها مع دمشق والتي تمس الأمن القومي الروسي على نحو مباشر، فالعلاقة مع دمشق لا نظير لها بالنسبة لموسكو ولا يمكن مقارنتها بالعلاقة مع ليبيا أو غيرها رغم أهمية الأخيرة أيضاً بالنسبة لموسكو.

ثانيها، أن روسيا لن تغامر بالتورط عسكرياً في ليبيا؛ لأن ذلك سيكون على حساب قدرتها على التركيز في سوريا من ناحية، وخاصة أنها لم تصل بعد إلى حسم نهائي للمعارك في سوريا، ولم تقض تماماً على التنظيمات والعناصر الإرهابية بها، وهذا سيظل أولوية حاكمة لحركة روسيا في منطقة الشرق الأوسط برمتها، ولما سيمثله ذلك من ضغط وعبء على الاقتصاد الروسي الذي يمر بصعوبات واضحة نتيجة التراجع الحاد في أسعار النفط من ناحية أخرى.

ثالثها، أن روسيا لديها ما يكفيها من التوترات والمشكلات مع الغرب ولن تقدم على فتح جبهة جديدة من السجال مع الدول الغربية التي تدخلت في ليبيا على نحو صارخ، وتأبى أن تترك الساحة الليبية قبل أن تحقق أهدافها في السيطرة على مقدرات وثروات ليبيا النفطية، كما حدث في العراق من قبل. فضلاً عن أن خريطة القوى الفاعلة في ليبيا معقدة للغاية، والتورط فيها يمكن أن يعيد شبح المأساة الأفغانية، خاصة مع تربص الغرب بروسيا ورغبته في إنهاكها عسكرياً واقتصادياً. يضاف إلى هذا بعد قانوني، وهو أن روسيا لا تتدخل عسكرياً إلا في إطار مظلة شرعية، وهو الأمر الذي يتحقق في حال طلبت الحكومة الليبية من روسيا التدخل، وهذا أمر غير وارد باعتبار الأخيرة مدعومة وموالية للغرب بالأساس، أو باستصدار قرار أممي من مجلس الأمن يخول روسيا هذا الحق، وهو أيضاً أمر غير وارد، ولا يمكن تصور أن تسمح به الدول الغربية.

إلى هذا يبقى خيار التسوية السلمية والدفع نحو وفاق وطني في ليبيا هو البديل الأمثل لروسيا. وتدعم روسيا التوافق بين القوى الليبية، وتدعو إلى الحفاظ على وحدة ليبيا وتشكيل سلطة واحدة تضم كل الأطراف السياسية الليبية الفاعلة، وعقب إعلان المشير حفتر «عملية تحرير طرابلس» في 4 إبريل 2019 دعا الكرملين إلى تجنيب ليبيا المزيد من إراقة الدماء، وضرورة التوصل إلى تسوية بالوسائل السياسية السلمية، مؤكداً أن موسكو لا تشارك بأي شكل من الأشكال في دعم تحركات الجيش الليبي[37].

وفي هذا الإطار استضافت موسكو محادثات بين حفتر والسراج في 13 يناير 2020 إلا أنها فشلت في التوصل إلى اتفاق حول هدنة دائمة وغير مشروطة، وغادر حفتر موسكو دون التوقيع على الوثيقة التي تحدد شروط الهدنة في ليبيا تحت رعاية روسية – تركية. أعقب ذلك مباشرة عقد مؤتمر برلين الدولي حول ليبيا بدعم روسي يوم 19 يناير 2020 وشارك فيه الرئيس بوتين مؤكداً دعم الحوار والتسوية السلمية للصراع في ليبيا على مختلف المسارات الدبلوماسية والعسكرية. كما دعمت موسكو جهود الأمم المتحدة ورحبت بنتائج اقتراع ملتقى الحوار السياسي الليبي الذي تم تحت رعاية أممية، يوم 5 فبراير 2021، وأسفر عن اختيار رئيس المجلس الرئاسي الليبي، محمد المنفي، ورئيس الحكومة، عبد الحميد دبيبة، لتتولى السلطة الجديدة إجراء انتخابات رئاسية وبرلمانية في 24 ديسمبر، وأكدت موسكو استعدادها للعمل مع الحكومة الليبية الجديدة[38].

إن السياسة الروسية في الشرق الأوسط أصبحت أكثر نضجاً وتأثيراً، وعلى مدى العقدين الماضيين استعادت روسيا مكانتها بوصفها قوة كبرى مؤثرة في شؤون المنطقة، وفاعلاً دولياً رئيسياً فيها، واستطاعت توظيف الفرص المتاحة والتعاطي مع التهديدات والتحديات ببراجماتية وحنكة سياسية عالية، وتوظيف قوتيها الصلبة والناعمة والجمع ما بين الأدوات الدبلوماسية والشراكات التنموية وتلك العسكرية لدعم الدور الروسي في المنطقة الذي يتحرك في مسارات متوازية لتحقيق أهدافه ومصالحه، وسيزداد هذا الدور ويتسع نطاقاً مستقبلاً، بالنظر إلى مصالح روسيا الحيوية المتنامية بالشرق الأوسط على الصعيدين الاستراتيجي والاقتصادي، والثقة والقبول اللذين أصبحت تتمتع بهما روسيا كشريك من جانب دول المنطقة.

---

(37)   (RT)، 5/4/2019، https//:arabic.rt.com/middle_east1011456/

(38)   (RT)، 8/2/2021، https//:arabic.rt.com/russia1200575/

خاتمة

إن التغيــرات الإقليميـة والدوليـة المتسـارعة التي تعتصـر المنطقة والعالـم علـى مـدى عقـد مضـى فرضـت واقعـاً جديـداً علـى روسيا وغيرهـا مـن القـوى الكبـرى يتعيـن التعامـل معـه. فقـد أربكت التطـورت المتلاحقـة التي بدأت بالثـورات العربيـة السياسـة الروسيـة، ودفعـت موسـكو لاتخـاذ قـرارات «صعبـة» يف كثيـر مـن الأحيـان، يف محاولـة منهـا لضمـان أمنهـا القومـي وحمايـة مصالحهـا وانقـاذ شـراكتها مـع العديـد مـن دول المنطقـة، والتـي بذلـت موسـكو جهـداً كبيـراً لتطويرهـا علـى مـدى عقـود، وكأنهـا ربـان سـفينة وسـط عاصفـة مدمـرة يحـاول أن ينجـو بأقـل الخسـائر الممكنـة. ورغـم أن العاصفـة لـم تهـدأ بعـد، وأن المنطقـة مازلـت تتقاذفهـا الأمـواج فقـد قامـت روسيـا بإعـادة رسـم اسـتراتيجيتها يف المنطقـة، مدفوعـة يف ذلـك بمجموعـة مـن العوامـل الاسـتراتيجية والأمنيـة والاقتصاديـة، وتسـارعت التطـورات يف السياسـة الروسيـة لتشـكل خريطـة جديـدة مـن التحالفـات يف المنطقـة، وليولـد «شـرق أوسـط جديـد»، بحضـور روسـي سياسـي وعسـكري قـوي ومتصاعـد.

يف هـذ السـياق يمكن تلمـس مجموعـة مـن التوجهـات العامـة للسياسـة الروسيـة تجـاه المنطقـة منـذ الضربـات العسـكرية التـي بدأتهـا روسـيا يف 30 سبتمبر 2015 بسوريا؛ أولهـا تقـدُّم الاعتبـارات الاسـتراتيجية والأمنيـة يف أولويـات روسيا بالمنطقـة؛ فعلـى مـدى مـا يقـرب مـن ربـع القـرن، منـذ تفكـك الاتحـاد السـوفيتي، كانت الاعتبـارات الاقتصاديـة والحاجـة الماسـة إلـى تعايف الاقتصـاد الروسـي هـي المحـرك الرئيسـي للسياسـة الروسيـة تجـاه الشـرق الأوسـط، وعكفـت القيـادة الروسيـة علـى دفـع التعـاون يف المجالـين التقنـي والاقتصـادي، وبنـاء الشـراكات يف قطـاع الطاقـة وغيره مـع عـدد مـن دول المنطقـة، علـى النحـو الذي يسـهم يف اسـتعادة قوة روسيا الاقتصاديـة، ويؤهلهـا للعـب دور أكثـر تأثيـراً علـى السـاحتين الإقليميـة والدوليـة، إلا أنـه بـدا واضحـاً أن الاعتبـارات الاسـتراتيجية والأمنيـة تقدمـت واحتلـت أولويـة يف حركـة روسيا بالمنطقـة، وأصبحـت الأخيـرة تتقـدم علـى قدمـين: اسـتراتيجية واقتصاديـة.

ثانيها، حرص روسيا على استقرار المنطقة باعتباره يخدم مصالحها؛ الأمر الذي دفعها إلى دور سياسي أوسع، تمثل في طرح المبادرات ولعب دور الوسيط في أكثر من ملف بالمنطقة، مع اختلاف مساحة هذا الدور وفاعليته من قضية إلى أخرى، فهو دور محوري وقائد في الملف السوري، وهو دور مؤثر في الملف النووي الإيراني، وهو محدود نسبياً في الملف الفلسطيني.

ثالثها، تسعى روسيا لحاضنة إقليمية آمنة تعضد نفوذها المتصاعد في سوريا والمنطقة؛ ومن ثم فهي تعمل على كسب شراكات مع دول الجوار السوري القريب والبعيد، في إطار رؤية تقوم على المتوازيات والقنوات المفتوحة مع القوى والأطراف الإقليمية كافة. وتبرز في هذا الإطار أهمية تعزيز الشراكة الاستراتيجية الروسية الخليجية جنباً إلى جنب مع تلك بين موسكو وطهران، والشراكة مع كل من مصر وتركيا وغيرها، واحتفاظ روسيا بمواقف متوازنة إزاء كافة قضايا المنطقة والخلافات والصراعات بها.

رابعها أن روسيا لا تسعى لمزاحمة الولايات المتحدة أو غيرها من القوى الدولية في المنطقة، وتنطلق استراتيجيتها من منظور تشاركي تعاوني وليس منظوراً صدامياً صراعياً؛ لإيمانها بأن أي مواجهة مباشرة أو غير مباشرة ستكون مكلفة للجميع، وستؤثر سلبياً في قدرتها على تحقيق أهدافها، وستزيد من استنزاف القدرات الروسية وترفع من تكلفة حركتها. إن روسيا تسعى فقط لتحقيق مصالحها في أقصر وقت ممكن وبأقل تكلفة ممكنة؛ الأمر الذي يقتضي التنسيق مع الأطراف الدولية والإقليمية المعنية بقضايا المنطقة، والتي لها هي أيضاً مصالحها التي تعمل جاهدة على تحقيقها، وأبرزها الولايات المتحدة وتركيا واسرائيل إلى جانب دول الخليج.

إن الدور الروسي في المنطقة يزداد قوة وتأثيراً، ويمزج بوضوح بين القوة الصلبة والناعمة، وبين الضربات العسكرية والأدوات الدبلوماسية، ويتحرك في مسارات متوازية لتحقيق أهدافها ومصالحها، مع تجنب الصدام والمواجهة مع القوى الدولية والإقليمية الأخرى الفاعلة في المنطقة.

قائمة المراجع

أولاً: باللغة العربية:

(1) كتب:

ألكسى فاسيليف، من لينين إلى بوتين، دار أنباء روسيا، 2018.

نـوار جليـل هاشـم، حيـدر علـى حسـين، أمجـد زيـن العابديـن طعمـه، الاقتـراب الكبيـر: روسـيا ﻓﻲ الشـرق الأوسـط، دار الخليـج للنشـر والتوزيـع، 2020.

نورهـان الشيخ، «السياسـة الروسـية تجـاه الشـرق الأوسـط فـى القـرن الحـادى والعشـرين»، مركـز الدراسـات الأوربيـة، كليـة الاقتصـاد والعلـوم السياسية، جامعة القاهرة، 2010.

نورهـان الشـيخ، مصـر وروسـيا: تعـاون تاريخـى وشـراكة مسـتقبلية، القاهـرة: المكتـب العربـى للمعـارف، 2021.

(2) مقالات:

آنا بورشفسكايا، روسيا فى الشرق الأوسـط، 20 يناير 2019، معهد واشـنطن، (https://www.washingtoninstitute.org/ar/policy-analysis/ rwsya-fy-alshrq-alawst-hl-hnak-mrhlt-nhayyt)

بيـكا واسـر، حـدود الإسـتراتيجية الروسـية فـى الشـرق الأوسـط، مؤسسـة RAND، نوفمبـر 2019، https://www.rand.org/content/dam/ rand/pubs/perspectives/PE300/PE340/RAND__PE340z1 arabic.pdf)

فيتالـي نعومكين، درس مـن التاريخ عـن سياسـة روسـيا ﻓﻲ الشـرق الأوسـط، الشـرق الأوسـط، 5 فبرايـر 2020.

فيتالـي نعومكـين، روسـيا وسياسـة أميـركا المحتملـة ﻓﻲ الشـرق الأوسـط، الشـرق الأوسـط، 20 ينايـر 2021.

فيتالـي نعومكـين، صيـغ عـدة للاسـتراتيجية الروسـية ﻓﻲ الشـرق الأوسـط، الشـرق الأوسـط، 17 مـارس 2021.

ثانياً: باللغة الإنجليزية:

(1) Documents:

- American National Security Strategy 2017, (http://nssarchive. us/national-security-strategy-2017/).

- "NATO – 2030: United for a New Era", 25 November 2020, (https://www.nato.int/nato__static__fl2014/assets/ pdf/2020/12/pdf/201201-Reflection-Group-Final-Report-Uni. pdf)

(2) Books:

- Chiara Lovotti & Others (eds.), Russia in the Middle East and North Africa: Continuity and Change, Routledge, 2020.

- Dimitar Bechev, Nicu Popescu & Stanislav Secrieru (eds.), Russia Rising: Putin's Foreign Policy in the Middle East and North Africa, Bloomsbury Publishing, 2021.

- Dmitri Trenin, What Is Russia Up To in the Middle East? Wiley, 2017.

- Fyodor Lukyanov, Russia and the Middle East: Viewpoints, Policies, Strategies, East View Press, 2019.

- Nikolay Kozhanov (ed.), Russia's Relations with the GCC and Iran, Springer Nature, 2021.

- Nikolay Kozhanov, Russia and the Syrian Conflict: Moscow's

Domestic, Regional and Strategic Interests, Gerlach Press, 2016.

– Nikolay Kozhanov, Russian Policy Across the Middle East: Motivations and Methods, Chatham House, 2018.

(3) Articles:

– Abdulrahman Al–Fawwaz, Russian Intervention in the Middle East: Political and Economic Dimensions, Journal of Studies in Social Sciences, Volume 17, Number 2, 2018, 112–136.

– Anna Borshchevskaya, Raed Wajeeh, Daniel Rakov, and Li–Chen Sim, Russia in the Middle East: A source of stability or a pot–stirrer? Atlantic Council, April 21, 2021, (https://www.atlanticcouncil.org/blogs/menasource/russia–in–the–middle–east–a–source–of–stability–or–a–pot–stirrer/)

– James Sladden, Becca Wasser, Ben Connable, Sarah Grand–Clement, Russian Strategy in the Middle East, RAND Corporation, 2017 (https://www.rand.org/content/dam/rand/pubs/perspectives/PE200/PE236/RAND__PE236.pdf)

– Nicu Popescu & Stanislav Secrieru (eds.), Russia's return to the Middle East Building sandcastles?, ISSUE, CHAILLOT PAPER, № 146, July 2018, (EUISS–CP__146.pdf)

ثالثاً: باللغة الروسية:

(1) وثائق:

– Военная доктрина Российской Федерации, (http://kremlin.ru/events/president/news/47334).

– Концепция внешней политики Российской Федерации, утверждена Президентом Российской Федерации В.В.Путиным 30 ноября 2016 г, (http://www.mid.ru/foreign_policy/news/-/asset_publisher/cKNonkJE02Bw/content/id/2542248)

– Морская доктрина Российской Федерации, (http://kremlin.ru/events/president/news/50060).

– Стратегия национальной безопасности Российской Федерации до 2020 года, 13 мая 2009 года (http://kremlin.ru/supplement/424).

– Указ Президента Российской Федерации от 31 декабря 2015 года N 683 «О Стратегии национальной безопасности Российской Федерации», 31 декабря 2015 г. (http://kremlin.ru/acts/news/51129).

(2) كتب:

– Виталий Вячеславович Наумкин, Арабский мир, ислам и Россия: прошлое и настоящее, 2013.

– Евгений Сатановский, Россия и Ближний Восток. Котел с неприятностями, ЛитРес, 2020.

(3) دراسات:

- Виталий Наумкин и Василий Кузнецов, Ближний Восток в поисках утраченного возрождения, Валдай, Март 2021, (https://ru.valdaiclub.com/files/37217/).

- Ирина Звягельская , Василий Кузнецов , Виталий Наумкин, Россия на Ближнем Востоке: гармония полифонии, Валдай, Май 2018, (https://ru.valdaiclub.com/files/20411/)

(4) مقالات:

- Алистер Крук, Россия ликвидировала однополярный проект США на Ближнем Востоке, Валдай, 14.12.2017, (https://ru.valdaiclub.com/a/highlights/rossiya-likvidatsiya-proekt-ssha/?sphrase_id=490512)

- МарияХодынская-Голенищева, Россия на Ближнем Востоке: о пользе внеблоковой вовлечённости, Валдай, 25.07.2019, (https://ru.valdaiclub.com/a/highlights/o-polze-vneblokovoy-vovlechyennosti/?sphrase_id=490512)

- Тимофей Бордачёв, Россия на Ближнем Востоке: десять лет после «арабской весны», Валдай, 31.03.2021, (https://ru.valdaiclub.com/a/highlights/desyat-let-posle-arabskoy-vesny/).

نبذة عن المؤلف

د. نورهان الشيخ

حصلت د. نورهان الشيخ على الدكتوراه في العلوم السياسية من جامعة القاهرة في فبراير 2000، وعلى الماجستير في استراتيجيات التنمية البديلة من معهد الدراسات الاجتماعية، لاهاي – هولندا في ديسمبر 1994. كما حصلت على دبلوم اللغة الروسية من معهد بوشكين عام 1993. وهي تشغل منصب أستاذة العلاقات الدولية، كلية الاقتصاد والعلوم السياسية في جامعة القاهرة، وتتمتع بعضوية كل من أكاديمية العلوم الطبيعية الروسية، ومنتدى يالطا للحضارات (روسيا الاتحادية)، والمجلس المصري للشؤون الخارجية، والجمعية المصرية للأمم المتحدة، والجمعية العربية للعلوم السياسية، والمكتب التنفيذي للجنة المصرية لدى منظمة تضامن الشعوب الآسيوية الأفريقية. كما أنها خبيرة في منتدى فالداي (موسكو).

عملت الدكتورة مديرة لمركز الدراسات الأمريكية – جامعة القاهرة (2009 – 2011)، ومؤسسة ومديرة لوحدة دراسات الشباب وإعداد القادة – جامعة القاهرة (2008 – 2015)، ورئيسة لوحدة التدريب المتقدم والتعاون الدولي في المركز الدولي للدراسات المستقبلية والاستراتيجية – مصر (2005 – 2013)، ومستشارة لوزير الشباب (2000 – 2008). كما أنها أسست وأدارت وحدة الدراسات الروسية – جامعة القاهرة في ديسمبر 2018. وتقوم الدكتورة إلى جانب هذا أيضا بتدريس العديد من البرامج الدراسية في مجال العلاقات الدولية والسياسة الخارجية، والدراسات الاستراتيجية، ودراسات روسيا والكومنولث، والدراسات الآسيوية، والأوروبية المتوسطية باللغتين العربية والإنجليزية.

صدر لها العديد من الكتب منها: نظرية العلاقات الدولية –2018، ومصر وروسيا.. تعاون تاريخي وشراكة مستقبلية –2021، والعلاقات الروسية الأمريكية من الحرب الباردة إلى السلام البارد – 2019، والسياسة الروسية تجاه الشرق الأوسط في القرن الحادي والعشرين – 2010، وموقف الاتحاد السوفيتي وروسيا من الوحدة العربية منذ مطلع القرن العشرين – 2013، وعملية صنع القرار في روسيا والعلاقات العربية الروسية – 1998، ودور النخبة الحاكمة في إعادة هيكلة السياسة الخارجية: دراسة للحالة الروسية (1985 – 1996) – 2000، ولها عشرات الدراسات والبحوث والمقالات بالعربية والإنجليزية والروسية.